いのちの森の台所

佐藤初女

集英社文庫

いのちの森の台所

仕事

吉田 健

仕事は、大変だ。
なのに つけもの石くんも、
電信柱くんも、ふすま
くんもがんばっている。
つけものいしくんは、いっしょう
けんめい長ーい間すわって
いるし、電信柱くんは雨が
ふっても雪がふってもたっている。
ふすまくんも、風を止めて、人が
きたら、ちゃんと、どく。なのに、
人間は、仕事をやるのに、
もんくをつけたりする。
仕事は、なかなかできる
ものではない。

はじまりに

私は、たいした働きはできないのですが、働くことが大好きです。

私の母も、とても働き者でした。十三歳のとき、女学校に提出する家庭調査表に「両親の趣味は？」という項目がありました。どんなこたえが返ってくるだろうとわくわくしながら台所にいる母の背中に「母さんの趣味は？」と声高々と訊《き》きましたら、母は自信満々に「働くこと」とこたえました。つねづね、女は手を休めてはいけないと諭《さと》されていましたが、まだ働くことの深さを知らなかった私は、母のこたえにがっかりした思い出があります。

前ページの詩は、小学五年生の男の子が学校の宿題で書いたものです。わずか十歳のぼっちゃんから、どうしてこのような深い詩が出てきたのか、本当に不思議に思われます。作者の吉田健さんは、大学四年生のとき二十三歳の若さで急逝されました。

ご両親からこの詩を見せていただいたとき、私の思いと通じるものを感じて胸が締めつけられるくらいの感動を覚えました。そして、河井寛次郎さんの詩「仕事が仕事をしている仕事」の一節を連想したのです。

――仕事の一番すきなのは　くるしむ事がすきなのだ――

三十年ほど前、この詩の拓本を、教会の長老さまから額装していただき、以来、自宅の仕事場に飾って日々眺めています。私の机は乱雑で物探しにはいつも時間をとられるのですが、健さんの詩は、ファイルにはさんでいつでもすぐに取り出せるところに置いています。健さんの詩はシンプルで透明で、ときどき眺めてはこころを新たにさせていただいています。

生きていれば、喜びだけではなく、どうしようもなくつらく、せつない思いをすることもあります。そんなとき、苦しみを乗り越えるために、あえてもっと厳しい仕事を選ぶ。苦しんで苦しんで、自分の力ではどうにもならなくなったら、あとはすべて神さまにおまかせに。そのようにして、ささやかな活動を続けてまいりました。

現在（二〇一〇年）私は八十八歳ですが、ますます働く喜びを感じています。

初めてお会いする方から「この活動を始めて何年になりますか」と訊かれます。「始めたいと思って始めたのでなく、毎日毎日の生活の積み重ねが、このような活動になりました。かれこれ半世紀になります」とこたえるようになってからも、もう二十年が経《た》ちました。思えば、小学校の先生に「この子の宿題をみてあげてね」と頼まれて、鍵《かぎ》っ子の同級生を家に呼んでは算術や読み方を教えたり、おやつをわけあってともに過ごした幼いころから、私の毎日は少しも変わっていません。

いたって平凡な活動ですが、私ひとりの力ではできないことでした。多くの方の善意のご芳志のおかげで、まったくなにもないところからひとつひとつ形づけられていったのです。これもひとえに、みなさまのご支援のおかげにほかなりません。みなさまのご支援に対して、いかに感謝の気持ちがあっても、私だけが知っていることで終わらせるのでなく、その尊いこころを記録に残したいと思いました。

この本が働く喜びを伝えられるようにと願っています。

目次

第一章　出あいは未来をひらく

映画『地球交響曲《ガイアシンフォニー》　第二番』に出演してから、ほうぼうからお呼びがかかるようになりました。今では講演会や「おむすび講習会」などで一年の半分は全国を飛び回る日々を送っています。せっかく求めてくださるのだから、できるだけおこたえしたいと思うんですね。

それに、直接触れ合って伝えると、本当にまた深くなるんです。

ただ、みなさんのお顔が見える大きすぎない会場を、と望むこともあり、どこの会場でも当日券を求める方の姿があります。入れない方もいらっしゃるとのことで、たいへん心苦しく感じ、また感謝しております。

そこでこのたび紙上講演会のつもりで、今まで講演してきた「食はいのち」「今を生きる」などのさまざまなテーマを集大成しました。

私の声が聴こえるように感じていただけたなら幸いです。

1　いのちの森の台所

みなさんは、春の訪れをどのように感じますか？

北国に住む私たちにとって、春はこころ浮き立つ季節です。降り積もった雪の下で長く厳しい冬に耐えてきた植物たちも、待ってましたとばかりにいっせいに芽吹きます。春の芽吹きのころの食材は、苦みや香りが強いのですが、その独特の味や香りをいかしながら調理するのは、春いちばんの楽しみです。ふきのとうやたらの芽のてんぷら、つくしのおひたし、ぼんなやこごみの胡麻和《ごまあ》え……。雪融《ゆきど》け水《みず》に洗われるようにして芽吹いた、春のいのちをいただくとき、冬の間にちぢこまっていたからだ中の細胞がのびのびと動き出し、全身に力がみなぎってくるような気がいたします。

森に囲まれた小さな家

私は本州の北端、青森県弘前市《ひろさき》に住んでいます。弘前市というのは、人口二十万人くらいのたいへん小さな町です。かつては津軽十万石として栄えたお城の跡が公園になりまして、春になると二千五百本の桜が見事に咲き誇り、見る人の目を楽しませ、こころを和《なご》ませております。工業的なものが少ないので、「お城とさくらとりんごのまち」をキャッチフレーズにして、国内はもとより、海外にも呼びかけて、観光のお客さまをお待ちしております。

〝お城とさくらとりんご〟もさることながら、私は〝岩木山《いわきさん》〟という山が弘前のシンボルだと思っております。岩木山は、大地にどっしり座っているような、たいへん力強い山なんですね。非常に裾野《すその》が広くて、その広さでもって、町全体を包んでいるような地形になっております。ですから、私たちは、山と一緒に生活しているような気持ちになって、「今日のお山はどうだろう？　晴れてはいるけど曇ってきそうだ」など、自分でお天気を判断することから一日が始まります。

岩木山は一六二五メートルありますが、その裾から四百メートルくらいのところに、三方森に囲まれた小さな家〈森のイスキア〉があります。冬は三、四メートルもの深い雪に埋もれてしまいますが、春の雪融けを待って、こころが疲れた人や生きる方向を見失った人が、全国から毎日のように訪れます。

訪れる人は、男女問いませんし、年齢も、抱える問題や課題もさまざまですが、どなたも〝受け入れられたい〟と願いながら満たされず、こころに傷を抱えています。

私たちは、この森のイスキアを拠点に、悩みや苦しみを抱える人たちを支えるためのささやかな活動を続けています。

決まりごとのない、ささやかな活動

「ささやかな活動ってどんな活動ですか」というのは、どなたからも訊かれることですが、形にもなってないし、さりとてとくに決まりごともないので、たいへん説明しにくいんですね。そして説明を多くすると、本筋からますます遠ざかるような感じなので、私はいつもとまどってしまうんです。すると「じゃあ、なんにもしてないんですか」と訊かれますが、そうでもない（笑）。

ひとつだけ、「食べることを大切にしております。お料理をつくって、全国から訪ねてくる方々と一緒に食べて、お話をする。それが活動ってば活動になるんですよ」とおこたえしています。

ともに食すことはともに在《あ》ること

食べることというのは、毎日のことなので、訊く人は〝えっ？〟というような表情になりますが、食べ方を見ていると、その人のこころが伝わってくるものです。こころの中が詰まっている人は、なかなか食べることができません。それでも、ひとくち、ふたくちと食べ進み、〝おいしい〟と感じたとき、こころの扉が徐々に開いていき、それまで胸の奥にため込んでいたものを、ぽつぽつと吐き出していくんですね。

そういうとき、私は、自分からはあまり話さないで、聴くことを大事にしております。先入観を持たず、自分の中を空っぽにして、その方の身になり、こころを置き換えて、一心に耳を傾けるのです。はたから見ればたいしたことではないと思うようなことでも、本人にとってはそれが苦しみのもとになっているのですから、その人が感じている重みのままに受けとめたいと思っています。

悲しみや苦しみでこころが詰まっていた人も、話して話しているうちに、自分で自分の道に気づかれます。人になにか言われたり、諭されたりすることは、正しいことだとわかっていても、なかなか受け入れがたいものです。それに、悩みを多く抱える人も、本当はどうすればいいのか、自分でわかっているものなんです。

ですから、私はこたえを出そうとは思っていません。私がなにかを与えるということでなく、私もまたお会いする方々からいろんなことに気づかされたり、いただいたりして、そこでともに考え、ともにこたえを出して、一緒に進んでいくのです。

よく「癒《いや》されました」と言われるのですが、私自身は人を癒しているという気持ちはまったくありません。癒しとは、自らの気づきによってこころを解放したときに得られるものだと思うのです。人は誰かに〝受けとめられた〟〝認められた〟と思えると、心底安心するんです。すると、こころに落ち着きを取り戻して、自分を見つめ直し、自ら解決策を見つけていきます。

その人自身が苦しんで見つけ出したこたえなら、本人も納得しているので、すぐに行動に移れます。すると、来たときには顔色も悪く、声もしおれて消え入るように話していた人も、顔に赤味がさし、元気になっていきます。まわりの人が「あんなに泣いていたのに、どうしてこんなに元気になったの？」と訊くくらい変わる。「こんなに早く変われるものですか」とおっしゃる方もいるのですが、本当にそのように、わりとあっさりと変わっていきます。

ともに食すことは、ともに在ることです。どんなに言葉を尽くして話すよりも、深いところで通じ合えるんですね。食べものほどストレートにこころを伝えるものはありません。「大事にしていますよ」とか「あなたを好きです」と言葉にしなくても、その人の好きなものをつくって、一緒に食べるだけで通じるものです。そしておなかが満たされてくると、自然に感謝の気持ちも湧《わ》いてきて、今度は自分が人になにかしてさしあげたくなってきます。

食はいのち、食材もまたいのち

そのような考えは、十七年あまりの闘病生活の中で学んだものです。父の事業が失敗し、心労がたたったのだと思います。女学校三年生のころに胸を患《わずら》い、笑っても血管が切れるので、声を出して笑うこともできなくなりました。それでも、やれるところまではやってみようと学校には通い続けましたが、無理がたたり、十七歳のとき、大喀血《だいかっけつ》をして、まったく動けない状態になりました。薬を飲んだり、注射を打ってもらったりしましたが、効き目は些細《ささい》なもので、しばらく入院生活が続いていたんです。

やっと自宅療養となった春のこと、叔母《おば》が退院祝いにと旬《しゅん》の桜鯛《さくらだい》を、潮汁《うしおじる》や京ふきを添えたあら煮にしてくれました。食欲はなかったのですが、春の潮のいい香りに誘われて、ひとくちいただいてみると、おいしい鯛のだしが指先にまで染みこんでいくような感じを受けて――。細胞が動いて、桜鯛が私のからだのすみずみに、春のエネルギーを注《そそ》ぎ込んでくれたかのようでした。

それは、薬や注射では感じたことのない力強さで、私の中から、〝食べたい〟〝生きたい〟という気持ちを引き出してくれたんですね。それからは、薬と注射をやめ、食べもので病気を克服しようと決めました。そうして、少しずつからだを動かせるようになり、三十五歳のとき、はっきりと病気が治ったと実感いたしました。

今でも、薬を飲むことはまったくありませんし、病院へもほとんど行きません。これも食のおかげで、食ぐらい大事なものはないと思っています。

食材のひとつひとつには、かけがえのない〝いのち〟が宿っています。とくにふきのとうには、それを強く感じるんですよ。春が近づくと、ふきのとうの大地に眠っているところだけ雪が融けてきて、黒い土があらわれます。弘前の人たちは〝雪えくぼ〟といいますが、ふきのとうのエネルギーが、雪を融かしているんでしょうね。ひょこっと頭をのぞかせたと思ったら、ぐんぐんとふくらんで、美しく輝く黄緑色のふきのとうが芽吹いてくる。

食べるということは、そんな食材のいのちをいただいているということなんですね。

そう思うと、自然に感謝の気持ちが湧いてきます。食はいのち、食材もまたいのち。
だからこそ、食は生活の基本なんです。
いのちはすべてに。このことをこころにとめて、暮らしていきたいなあと思います。

2　いのちを受けとめる

私は、普段は弘前の岩木山の〈森のイスキア〉を活動の拠点にしておりますが、映画『地球交響曲　第二番』への出演をきっかけに全国はもとより海外からも、講演会やおむすび講習会の依頼をいただくことが増えました。アメリカ、ハワイ、カナダ、バングラデシュ、シンガポール、ベルギーなど海外へも参りました。私は日本語しかしゃべれませんが、言葉が通じなくても気持ちは通じる。そんなとき、〝みんな地球家族だな〟と感じます。

講演では「食はいのち」ということをテーマにすることも多いのですが、あるときの講演会でのことです。お母さんと一緒に講演会に来ていた小学校四年生の息子さんが、手をあげて「いのちが大切というけど、ぼくたちは牛や豚や鶏《にわとり》を殺して食べている。それでいいんですか」と質問しました。

私もとっさのことで、はっとしたんですけど、

「それは牛や豚や鶏を殺して捨てているのではなくて、牛や豚や鶏のいのちを食べることによって今度は私たちと生涯生きていくのだから、すべて感謝でいただけばいいんじゃないでしょうかね」とこたえたんです。

「はい、わかりました」とうなずいていましたけど、子どもたちもそこまで考えるんですね。

また、こんなこともありました。森のイスキアでは、毎年夏休みには、児童養護施設にいる女子高校生を三泊四日でお預かりして研修会を開いています。どうしてかというと、そこに入所しているのは、死別や家庭崩壊にあった子どもさんたちなので、家庭というものをよく知らないというんですね。十八歳まで養護施設にいて、そこを出たあとに、自分が育った家庭と同じ道をまた辿《たど》ってしまうことも多いようなんです。ですから、少しでも家庭の雰囲気を味わわせたいということで始まり、七年目のその年は「いのち」が研修会のテーマでした。

例年、子どもたちの楽しみは恒例のスイカ割りです。早くスイカ割りにならないか

とわくわくして待っていて、割るときも、「早く！　早く！」と騒ぎます。私も今年こそは当ててみたいと思って、何歩歩けばいいかと密かに計算してやってみましたが、目を開いてみればまったくダメで（笑）。そのあともみんなダメで、最後に高校二年生の子が残りました。その子は、みんながやっているのをしゃがんでじっと見ていましたが、自分の番になると、しずかーに歩いて、しずかーに棒を振って、見事に当てたんです。

食べることは〝いのち〟をいただくこと

みんなは早く食べようと大騒ぎです。でもその生徒は、スイカの割れ目を触りながら、「スイカってどうして在るんだろう、スイカっておもしろいんだろうか」とつぶやいていたんだそうです。近くにいたうちのスタッフが、「スイカもおいしくなりたいと思って、一生懸命大きくなって、みんなにおいしく食べてもらえたんだから、うれしいんでないの」とこたえたそうですが、不十分かもしれないので私からも話して

あげてくださいと頼まれました。すぐにそのことを話したら、告げ口されたと思って
こころが痛むんじゃないかと思って、次の日の講話のとき、まぎれるようにして話を
しました。

「ゆうべ、スイカ割りしたときに、『スイカっておもしろいのかな』って、言ったんでないの？」

　誰にともなく訊くと、その子が手をあげたので、

「みんなが食べてスイカはなくなったように思うけれども、私たちが食べて、私たちのからだに入って、一緒に生きていくんだよ」と話したんですね。

　研修会が終わったあとに、その子の感想文を読んだら、

『今まで食べものにいのちがあるなんて知らなかったけど、今回の体験で初めていのちがあるとわかりました。大根や人参の皮むきをしたときも、「いのちがあるから痛くないように、包丁でうすーく引っ張るようにそっとむいてみて」と言われて、初めて、野菜も生きているんだなと思いました』と綴《つづ》られていました。

　食材をモノとしてとらえるか、いのちとしてとらえるかによって、調理の方法も変

わってきます。モノとしてとらえたときは、とりあえず食べられればいいというような安易な気持ちでつくるでしょ。油でダーッと炒《いた》めて終わりとか（笑）。これではおいしくできませんし、油を多く摂《と》ることになり、健康にもよくないですね。

いのちとしてとらえたときには、〝これを生かすにはどのようにつくればいいだろう〞と考えます。生かすということは育てるということと同じですから、慈《いつく》しむように育《はぐく》むように調理することになります。すると、絶対おいしくなるんですよ。

人も野菜も透明がいい

私がいちばん例にとっているのは、今まで大地に生きてきた緑の野菜、これをゆがくことによって、よりいっそう鮮やかに美しい緑になる瞬間があるんですね。ブロッコリーや小松菜なんかよくわかるんですけど、たっぷりのお湯に入れてゆがいているうちに、きれいな緑になって、そのとき茎《くき》を見ると透《す》きとおっているんです。この瞬間に火を止めて、冷やして食べるととってもおいしいの。

ちょっと脇見《わきみ》をしたり、おしゃべりをしていると、透明になる瞬間を見過ごしてしまい、〝ゆでる〟になります。すると色もさえないし、やわらかくなりすぎて、野菜のいきいきした感じがなくなるんですね。

考えてみると、私の娘時代は〝ゆがく〟と言っていましたけど、だんだん使われなくなってきて、〝ゆでる〟という人が増えたようです。そのことをうちのスタッフたちと話しあいながら、辞典で調べてみましたら、ちゃんと〝ゆでる〟と〝ゆがく〟と二種類ありました。ほとんどの野菜は、〝ゆがく〟のほうがおいしいです。

炒めものの場合でも同じですね。キャベツとかごぼうなども炒めていると、透きとおってきます。このときに味をつけて火を止め、しばらく休ませておくと、味がしんなり染みこんで、歯ごたえのある香りのいい炒めものができます。

透明になるときは、野菜のいのちが私たちのいのちとひとつになるために生まれ変わる瞬間、いのちのうつしかえのときです。いのちが生まれ変わる瞬間には、すべてが透きとおるんですよ。セミやザリガニが脱皮するときも、蚕《かいこ》がさなぎに変わるときも、透きとおっているそうです。

また、母乳も透きとおったのがいいそうで、昔、皇室で乳母《めのと》制度があったころ、最終審査では黒塗りのお盆にお乳を搾《しぼ》り、黒いお盆が透けて見えるお乳の人に決定したということです。お母さんのお乳が赤ちゃんにいのちを与えている。まさにいのちのうつしかえですね。

透明というのは、本当にきれいです。なにかわずらわしいものがたまっていると、たちまちにごりが現れます。食べものも人も、透明がいいと思います。

調理には生きる姿勢がうつされる

調理するこころは、その人の生きる姿そのままのように思います。

慌ただしい人であれば慌ただしくつくりますし、落ち着いている人は落ち着いてつくります。だからできあがったものをみて、〝あんまりおいしくないな〟と思えば、反省して原因を考え、次に生かすことです。すると、自然に自分の性格も生活も変わってきます。

なんにも考えないでただつくっているのでは、進歩はありませんが、できたものをみて、食べて、そして自分の生き方と照らし合わせてみることで、成長にもつながっていくと思います。それは、いのちを大事にしていくことにもつながりますから、丁寧《ていねい》にこころを込めて調理していきたいと思うんですね。

「忙しいから食事をつくることができないんですけど、どうすればいいですか」という質問もたくさん受けますけど、「忙しいからできない」と言ってしまうとそこで終わってしまいます。そうではなく、〝忙しいけれどどこの中でなにができるだろうか〟と考えると、必ずひとつは方法がみつかります。おいしくできると、本当に喜びがありますし、食べてくださった方も喜びますので、その喜びが自分に返って、だんだん料理をするのが楽しくなり、またなにかつくってみたくなります。おいしいものをつくるということは、人にも、自分にも元気と豊かさを与えてくれるんですよ。

3　わかちあいの食卓

最近、若い女性たちから「お母さんからなにも教わってないから、自分はなにもわからない」という悩みをよく聞きます。そのことがたいへん不安で結婚できないという独身女性や、結婚して子どもが生まれても、どうやって子育てをしていいかわからないと悩んでいる若いお母さんも多いようです。まわりに助けを求められず、ひとりで苦しみ、心身症や不安障害になっておられる方もいらっしゃいます。

ある若いお母さんは、カップラーメンだけで育ったので、自分の子どもさんにも、買ったものばかりを食べさせていました。私のところにきたら手料理ばかりだったので、そのお母さんも考えるところがあったのでしょう。「どうして、うちのお母さんはカップラーメンだけで私を育てたんでしょう」と尋ねました。

「それはね、敗戦後は、インスタント食品がたいへん文化的だと思われていたからだと思いますよ」とおこたえしたんですけど、本当にそうだと思うんです。

楽することで失われてしまうもの

私が十代のころ、「これからはボタンひとつでなんでもできるようになるといいね」と言った友達がいて、その発想にとても驚きました。私自身はからだを動かすのは嫌いではないし、なんでもただただ真面目一方なので、そんなことは思いも及ばなかったんですよ。ところがどうでしょう。今や、ボタンひとつ、電話ひとつでなんでもできる時代になりました。私ぐらいの年の人たちの中にも、インスタント食品や宅配のお弁当を利用したりして、「なにもしなくていいから、便利でいいわ」と喜んでいる人はたくさんいます。

けれども、楽をすることで失ってしまうものも大きいんでないかと思います。便利になった代わりに、包丁やすりこぎといった手を使う道具をうまく使えない人が増えています。近頃は、フードプロセッサーを使う人も多いようですが、食材の水分が全部出てしまっておいしくないし、なにより野菜やお肉がぐちゃぐちゃにかき回され、あっという間にみじん切りにされて、痛々しく無惨な感じがします。手間はかかるかもしれませんが、やはり私は、たまねぎもお肉もよく研《と》いだ包丁で丁寧に刻んであげたいし、胡桃《くるみ》や胡麻はすり鉢とすりこぎでこころを込めてすりつぶしたいのです。

神さまにいただいたこの手を使わないでいると、からだの機能が退化して、正しく働かなくなっていきます。できるだけ手を使って食事をつくるということで、からだもこころも健康になっていくのだと思うんです。だから私は、感謝の気持ちで動きます。手を使って調理することを面倒だと思ったことは、一度もありません。お手伝いいただいても、「面倒だし、このくらいでいいんじゃない?」と言われると、とてもさびしく感じます。

家族を大きく結ぶ家の味

食はいのちの源《みなもと》ですが、日に三度のことなので、とかくおろそかになりがちです。

けれども三度の食事を怠っていると、生活が乱れてくるんですね。

知人にとても忙しく働いている男性がいて、あるときうちで食事をすることになりました。突然だったので、有り合わせの材料でこしらえたメニューは、

・ヤリイカのさしみ（つまになる野菜がないので山芋の千切りを添えました）
・さっと焼いて、手でこまかくさいたイカのみりん干し
・ちりめんじゃこを散らした干し菊とキュウリと春雨の酢の物
・だしをとったあと酒に浸して揚《あ》げたイリコのてんぷら
・ごぼうのピーナッツ味噌和《みそあ》え

ボリュームがない気がしたので、最後に、新鮮で厚みのあるふくよかなニラをつかって、ニラと卵の黄身和えを一品加えました。男性はその色彩に感嘆していましたが、ふたくちほど食べるとお箸《はし》を置いて、「この食事は生きていますね」とうつむいてしまいました。

「生きてるように、生かすようにつくっているんですけど、そのように感じてくれてうれしいですよ」とこたえましたら、自分のうちは共稼ぎなので、全部冷凍食品で暮

らしていて、それぞれ自分で好きなものをチンして食べているんだと。そして、「私たちが電子レンジの中に入ったら死んでしまう、私は死んだものを食べているんですね」と言うのです。

その日、奥さんは当直だと言うので、子どもさんはどうしているのかとたずねると、「ラーメンでも食べてるんじゃないですか……」とおっしゃっていました。

出来合いのものは誰にでも合うようにつくられていますけど、その人の味、その家の味というものを、はっきりと持っていることはとても大切なことだと思います。同じような味ではなく、そこの家の味というものがあれば、家族も大きく結ばれていくと思うのです。

家族が同じものを一緒にわかちあって食べることも、とても大事です。別々に食べるとこころも別々になってしまう。一緒に食べるとこころもひとつになる。食べることが、その家の和にもなるし、教育にもなるし、人と人との交流にもなります。食べることさえきちっとしていれば、家庭の中でも、子どもさんの教育においても、問題は起こらないんでないかと思います。

おなかが満たされた子には力がある

最近は、小学生でもきちんと朝食をとらない子どもが増えていると聞きますが、それではからだもこころも強くなっていかないんでないかと思うんですね。おなかが満たされていないと、なんとなくふわふわします。こころが満たされてないから、けんかしたり、いじめてみたり。また、いじめられても、しっかり朝食をとっていればたいしたことなく受けとめられるようなことも、食べていないとそれができません。朝、ふっくらと炊けたおいしいごはんを食べれば、気持ちが落ち着き、力がみなぎってきます。トーストよりも、ごはんのほうがしっかり腹持ちすると思います。実際、朝からちゃんとごはんを食べているお子さんは、他の子どもたちともすぐに仲よくなれるようです。

お子さんが、お母さんがつくったものを食べないという相談もよくありますが、そんなとき私は「おいしくできていましたか」と訊くんですね。すると、たいていのお母さんは笑うの。「あー、それは……」って（笑）。

赤ちゃんでも、おいしいものはうなずくようにして、からだ全体で催促《さいそく》するようにして食べます。でもおいしくないものは、口からぷっぷっと出したりして、なかなか食べません。それくらいお子さんもわかっていますから、おいしいことが私の基本理念。とにかくおいしいものをつくりたいと思います。

おいしいというと、美食のように思われますがそうではありません。珍しいもの、高価なものをわざわざ取り寄せる必要はないんです。目先にあるごくありふれたものでも、地場の、新鮮な旬の食材は本当においしいですから。新鮮な食材の持つ味わいをいかすように、こころを離さないで、ひとつひとつ丁寧につくれば、必ずおいしくできますよ。

調理＝《イコール》化学、物理、そして哲学

そういうと、「じゃあ、レシピを教えてください」と言われるんですけど、私は長いことレシピに頼らないで自由にやってきたものですから、レシピをつくるのがとっても困難なんですね。食材は生きものなので、ジャガイモでもかぼちゃでも、そのときどきで、水分や味、かたさなど、状態がまったく違います。ですから、食材をよく見て、においをかぎ、手でさわり、自分の舌で何度も味を確かめながら、調味料の分量や、火加減などを決めていくんですよ。そういうことなので、レシピ通りにつくっていただいても、おいしくできるかしら？　と心配になるんですね。

また、レシピにあるものが家にないと、つくるのをやめてしまうという話もよく聞くんですけど、なにか自分で代わりのものを考えてうまくできたときには、メニューがひとつ増えることになります。だから、レシピに頼らないで、そのときそのときの食材によって、メニューを変えていったほうが、おいしくなるんでないかと思いますね。

調理って、創作なんですよ。そして、化学でもあるし、物理でもあるのでは、といつも思うんです。いろいろ味をみて足したり引いたりして調合していくのが化学であって、煮方とか切り方とかのようなものは物理でないかと。また、食材をいのちとしてとらえて調理することは、哲学にも通じると思います。毎回毎回、調理をするたびに、たいへん深いものを感じています。

4 小さな気づきとともに

ここ数年、若年の子どもさんにまでいのちを粗末にするような事件がいろいろ出てきています。私の住んでいる青森県では、『命を大切にする心を育む県民運動』を立ち上げ、子どもたちにいのちについての標語をつくらせたことがありました。そのとき〝いのち〟という言葉をたくさんの子どもさんが使っていましたが、本当に身をもっていのちということを感じているのかなあ、言葉として覚えているだけでないかなあ、という感じも受けたんです。

いのちを大切にする〝こころ育て〟

私も子どもたちへのメッセージを求められて、それがラジオで放送されました。

「いのちは神さまからいただいたもの。だから私たちは生きている。いのちを大切にしましょう」というものでした。実はこれは省略されていて、本当は「お花にも、小鳥にも、すべてのものにいのちがある」というメッセージも入っていたんですね。たとえば、洋服や靴など、身につけるものにだっていのちがあります。いのちとして考えたときには、もういらないから捨てればいいではなく、最後まで生かしていこうということになるでしょ。そういうことが、いのちを真剣に考えることに通じてくるように思います。

本来子どもさんというのは、言葉にはならないけれど、いのちの尊さをちゃんとところでわかっているものです。

森のイスキアへは、バス停から二十分くらい歩くのですが、子どもたちはその道すがら、大人が見過ごしてしまうような小さな花をいっぱい摘んできます。そして到着するやいなや、「お水！　お水！」と大慌てでコップなりお茶碗《ちゃわん》なりを探してきて、大事そうにお花を生けるんですね。水がないとお花がしおれて死んでしまうことをちゃんとわかっていて、本当にお花を生かしたいと思っているんです。幼稚園のお子さんでも、つかまえたトンボやバッタが死んでしまうと、穴を掘ってお墓をつくり、木の切れ端を置いたり、お花を置いたりしています。

京都のお寺の住職さんがみえたときに、その話をしたら、「うちのお寺にはハムスターのお墓もあるんですよ」とおっしゃいました。住職さんの娘さんが小さいとき、娘さんのお友達から「ハムスターが死んだので、ハムスターのお墓をつくってください」と頼まれたんですって。

親切な住職さんは、ハムスターのお墓をつくり、お経を上げました。子どもたちは、ハムスターのお墓を囲んで、しくしく泣いていたそうです。

このような子どものころの体験は、のちのちまでこころに残ると思います。その住職さんのように、子どもさんのこまやかなこころを大人がわかちあって、一緒になって考えてやることが、いのちを大切にするこころを育てるのだなあと感じました。

おむすびで自殺を思いとどまった青年

私のところには、死よりほかに考えられなくなっている人もときどきみえます。どのようにしたらいいのか、私には知識も学問もないですし、こうしてあげたらいいということもありません。ですが、思いもかけないところでこころが通じることもあります。おむすびを食べて、自殺を思いとどまった青年のお話をしましょう。

この青年は、死にたいと思いつめて、身のまわりを全部整理していました。家族が心配して、とにかく私に会うように勧めたそうです。本人は行きたくないと一週間ほど拒んでいたけれども、最後は半ば背中を押されるようにして、弘前の私の家に訪ねて来ました。

その晩、青年は泣きじゃくりながら自分の苦しさをどんどんどんどん話して、とうとう明け方になってしまいました。疲れたでしょうから一度休みましょうということで、二階で休んでいただいたのですが、きっと眠れなかったことと思います。

次の朝、私が早く起きて朝ごはんの支度をしていましたら、青年が起きて来て「うちに帰ります」と言い出しました。せっかくいらしたんだから何日か泊まっていってくださいと勧めても、二階の手すりにつかまって「帰る、帰る」と言うんです。

ちょうどそこに、その方のおうちから電話があったので、今こうしてるところなんですよ、と小声でお伝えしましたら、「途中どういうことがあっても、私たちは覚悟をしていますから帰してください」ということなので、青年を帰すことになりました。新幹線に乗ると途中でお昼になるので、おむすびがいちばんいいんでないかなと思い、おかずと一緒に詰めて、駅まで送っていき、お弁当を渡しました。

その夜のこと、青年のご家族から電話が入りました。

「なにかしてくださったんですか!?　元気になって帰ってきました！」

「特別なにもしてないですよ。ただお話を聴いただけです」

そうおこたえしましたが、実際、なにがそんなに青年に伝わったのか、本当にわからなかったんですよ。あとになって、その青年がみなさんの前で自分の体験を話されたのを聞くと、なんでもないことなんです。

お弁当を開いたら、おむすびがタオルにくるまれていたからだと……。

気づきを得る、小さなきっかけ

おむすびを持ち歩くとき、ラップやアルミホイルで包むと海苔《のり》もごはんもふやけて味が変わるので、私はタオルで包みます。起毛した糸が熱を吸収してくれるので、おむすびの味が変わらないんですね。青年はそれに感じたって。――こんなに自分のことを心配してくれている人がいるのに、なんてばかなことを考えていたんだろう――と胸に突き刺さるような思いがした、と。そこでようやく転機にすることができたのだと話してくれました。

この青年のように、気づきを得るきっかけは、小さなことのほうが多いように思います。小さいことでも、その人にとって必要なときは、大きく響いていくんですね。本当に人を喜ばせる親切というのは、わざとらしくなく、非常に深いものがあります。

5　揺れてもいい

一九九五年に、龍村仁《たつむらじん》監督の映画『地球交響曲　第二番』で森のイスキアの活動が取り上げられてから、おむすび講習会をしてほしいという依頼を全国から受けるようになりました。

私のおむすびは、海苔で全面を包んだ丸いおむすびです。なぜ丸いのかと訊かれますが、三角形ににぎれないからなの（笑）。てのひらの、たなごころでにぎっているので、真ん中が少しへこんでいます。簡素なだけに、つくる人の気持ちを込めやすく、食べる人の思いが広がりやすいのでしょう。年輩の方も、若い方も、こころを込めてにぎったおむすびを食べると、自然にこころが通じていくんです。

おむすびに集《つど》った大きな人の輪

あるとき、二十〜三十歳の十二人の若者のグループからお手紙をもらいました。このころの病気になって、病院に行ったり、心理学を学んだりしたけど、それだけではダメだと思ったので、食を取り入れてやっていきたいという大学生。父親をがんで亡くし、食が大事だと思ったので栄養士になったという人。そんなふうに十二人がひとりずつ手紙を書いて、写真をつけてきたんです。講演だけでなく、おむすびのつくり方を習って、来た人みんなに食べてもらいたいということでした。

会場は山の中腹のお寺です。ちょうど台風がくるという日で、雨風が激しく、やっとのことで会場まで辿り着きました。そんな悪天候の中、どれくらいの方がいらっしゃるかわかりませんでしたが、たくさん申し込みがあったということでしたので、到着後すぐに、若い人たちと一緒におむすびをたくさんつくりました。

開場してみると、二百名以上の人が山へ集まってきたんですよ。やっぱりみなさん、なにか求めているんだなあと、よーく感じましたし、呼んでくださったことにあらためて感謝いたしました。若者たちがつくったおむすびは、大きいのもあるし、小さいのもある。そのさまざまなおむすびを、みなさん「おいしいおいしい」と食べてくれました。それはこころが通じ合ったんだと思うんです。

おむすび怖いという娘

みんなが食べたあと、ひとりだけ大きなおむすびを手に持って考えている娘さんがいました。

「食べてもいいんですか？」と繰り返し訊くので、食べてくださいとこたえると、「怖い怖い」と言うんです。あなたのおむすび大きいものねというと、「大きいのを選んだの」と言います。

そばへ行って話を聞いてみると、拒食症の方でした。

「少しずつ食べなさい。食べられるし、害にならないんだよ」と言いましたら、みんながら食べているのを見て食欲が出てきたんでしょうね、食べられたんです。

「落ち着いたでしょ、おなかにちゃんとおさまったでしょ」と訊くと、おさまりましたって。そして、「私のお母さん、私の病気のために死ぬかもしれない。たいへん苦労させたからお母さんが疲れてしまって、病気になって死ぬかもしれない」と言います。それで、「食べて元気になって、お母さんを安心させて、必ず森のイスキアに来てください。待ってますよ」とお約束して別れました。

会のあとで主宰の青年が、「ぼくたちはみんな迷ってるんです。だから、中途半端ではなく、はっきりした考えやはっきりした言葉を聞きたいんです」とおっしゃったので、なるほど、若い人もみんな、自分の道を模索していて、それを発見するのに、なにかはっきりしたものをつかみたいのではないか、ということがわかりました。

一時期は、若い人は若い人、年寄りは年寄りと、分かれたような感じを受けていましたが、今はそうでなく、むしろ若い人がなにかを伝えて欲しいという気持ちが非常に強いようです。

ですから私たち年長の者は、自分の体験を通して、〝これだけは〟というものを、若い人たちに自信を持って伝えていかなくてはいけないと思います。ただ、伝えることと自体にあまり力を入れると、くどくなって嫌われますよ（笑）。タイミングをみて言葉に工夫をして、さりげなく伝えることですね。ちょっとだけでも示してあげると、その人はそこからなにかを感じて実行に移してくれます。

芯《しん》があれば、揺れてもいい

若い人たちとお話をすると、「今の仕事は自分に合っているんだろうか、ほかに自分に合う仕事があるのではないだろうか」といったことで揺れている方がとっても多いんです。でも、揺れることは、決して悪いことではありません。

こころが揺れても芯がしっかりしていればいいんですよ。

芯がしっかりしているというのは、よく食べて、こころもからだも丈夫であるということです。けれども、こういう方たちに「ちゃんとごはんを食べていますか？」と訊くと、食べなければ生きていけないからなにかは食べているけれども、正しい食事ではなくて、間に合わせに食べている方がほとんどです。そして、「仕事がたいへん過密で厳しいのでからだがもたないからやめたい」と言うんですね。しっかり食べていればやりこなせる仕事も、ちゃんと食べてないから力が出なくて、やりこなせないんでないかと感じます。

いい加減に、間に合わせの食事をしていると、こころが弱って具合が悪くなります。病院へ行き、うつ病とか不安障害といった病名をもらって、「お薬を飲んでいるけどよくならない、何年経っても変わらないんです」という人もたいへん多いです。薬とか注射というのは外部からの治療であって、やっぱり内部のバランスもみていかないとダメ。では内部から強めるのはなにかというと、やっぱり食事なわけです。とくに、ごはんをおいしく食べることが内部を強める、こころを強めることになるんじゃないかと思います。

耐えられねばやめればいいと、サッと思い切る人も多いようですけど、私は、そこを辛抱して通すことに意味があるんでないかと思います。毎日の生活の中でも、どなたでもできる線というのがあって、その一線を越えたとき、なにかを教えられたり、また人のこころに響くのだと思うんですね。

もう一歩努力をするということ、そして忍耐をするということです。食べることをきちっとして、一本芯が通ってくると、なんでもやりこなせるようになるんでないかと思っております。

進もうとしても進んでいけないときは、無理して突き進まないで、しばしそこで休みます。休むこともたいへん大事なことなんですよ。休んでいるときに、よい考えが出たり、チャンスも出てきます。休みながら落ち着いて状況を判断し、また一歩進むこと。そうすると、堅実に進んで行くように思います。

いいことはいいように、悪いことは悪いように

二〇〇一年から、毎年アメリカまで行っておむすびをにぎっています。アメリカに長年住む日本人の方から「日本のよき生活文化を伝えて欲しい」ということで始まったのですが、おむすびを食べるとみなさん感激して、涙を流されます。つくづく、お

むすびというのは日本人のこころのふるさとではないかと思いました。

もともと日本は瑞穂《みずほ》の国といわれるように、農業国でお米の国です。だけれども、敗戦後、欧米文化が入ってきたときには、お米は胃に負担をかけるとか、頭を悪くするという噂《うわさ》が広まったんですね。欧米から入ってきたものはすべて私たち日本人が未体験のものだったので、目新しさに流されていったところもあると思います。

それで、お米をずいぶん敬遠して、おかずばかりを食べるという風潮が続きましたが、どんなにおいしいおかずがあっても、おいしいごはんがなければ、満足感は半減するんですね。とくに私は、とにかくお米を大事にする家で育ったので、ごはんにこだわってきました。今になってみると、やっぱり和食が健康にいいと、中でもごはんが注目されているので、これでよかったんだと思っています。

いいことはいいように、悪いことは悪いように、おこたえが出るものです。人に左右されないで、自分で判断したり、識別したりするこころを育てていかなければいけないと思います。

なにかあると、「これは古い、こちらのほうが流行《はや》ってる」と言いますでしょ。

「今、これが流行なんだよ」って、私なんかよーく言われる（笑）。

着るものでも食べるものでも、今の流行ってことにとらわれがちですが、流行に依存するのではなく、ひとつひとつ考えて本当にいいものはなにか、判断していくときに来ていると思います。古い人も、時代が違うからと臆するのでなく、今まで自分で体験を重ねてきているのですから、それをはっきりと伝える人にならないといけないと思います。

6　大切な人の死

ごはんというのは日本人に本当に合っているんでしょう。終末期を迎える人が、最期《さいご》におむすびを食べたいということもよくあります。実際私は、たびたびそういうことに出あうんです。

ホリスティック医学を実践している埼玉県の帯津三敬《おびつさんけい》病院で『地球交響曲　第二番』の上映会をしたときのこと、「映画に出ているおむすびはどのようにしたら食べられますか」と患者さんが質問しました。理事長の帯津良一先生は「そうだなあ、次の機会にここでにぎって食べよう」とおっしゃって、その会話は終わったんですね。

一週間ほどして、その患者さんから、「早く食べないと、私は食べられなくなるんです」と電話が来ました。四十代のその女性は、すでに六回手術して、これ以上の手術は難しいと言われていたんです。移動に体力を激しく消耗するのも承知で、森のイスキアを訪ねて来てくれたのですが、「初女《はつめ》さんのおむすびを食べると、消えかかっている自分のいのちが再び燃え出すような気がします」とおっしゃってくれました。

イスキアから帰る日、「もう、次には来られないかもしれません」。女性の顔に、さびしそうな表情が浮かびました。それで、「じゃあ、私が行きますよ」と、病院に行って、その場でにぎってあげるお約束をしたんです。彼女は目を輝かせて、ほかの患者さんにも食べさせてあげたいと希望しましたので、がんで入院している患者さん六十人、全員ににぎってさしあげました。

人が最期に望むのは、いつものごはん

みなさんたいへん喜んで、今までものを食べられなかったような人が二個も食べて、「食べた！　食べた！」と喜んでいるんですね。歩けなくて、担架で運ばれて来た男性患者さんは、実際におむすびを食べることはできませんでしたが、それでもごはんと海苔のにおいをかいだだけで、満足そうに「ああ、おいしかった。うまかった」と

おっしゃいました。そういうことを見ても、ごはんは私たち日本人に深く根づいているのだなあと思います。

私の夫も、人生の最期に望んだのは、おいしいごはんでした。もう起き上がる力もありませんでしたが、私がこころを込めて炊いたごはんをほんのひとくちだけ食べて、満足したようにうなずきました。

最期の日になにを望むか、なにを食べたいか、きっとそれは特別なことではなく、その人がこれまで繰り返してきた日常のような気がします。だからこそ、毎日の食事にこころを尽くして、最期の日まで、一日一日を積み重ねていくことに意味があると思うんです。

食べることは本当に生きることですし、その中でも、食の基本となるごはんを食べることが、いちばん力になると思っております。

最後のお弁当になった二つのおむすび

おむすびにまつわるエピソードはたくさんあります。

ロサンゼルスへおむすび講習会にでかける二日前、分厚い手紙が届きました。これは読まないで出かけるわけにはいかないと感じて、とにかく一筆でもいいから、返事を出して発《た》ちましょうと思い、開封してみましたら、本当に悲しいお手紙だったんですね。胸が詰まって続けて読めないくらい——。それは、十三歳になるぼっちゃんをなくしたお母さんの手紙でした。

とても元気で明るくて、青春を謳歌《おうか》しているような息子さんでしたが、ある夜、お母さんと言い合いになって。お母さんは「そんなにわがままを言うなら明日はお弁当つくらないから！」と怒りました。翌朝、息子さんが、「しょうがないなあ」と言いながら自分でおかずをつくっていたので、お母さんはシャケの入ったおむすびを二個つくって持たせてやったそうです。

その日の放課後、友達とリレーをしていた息子さんは「疲れた」と言って校庭に寝ころんで休んでいました。そろそろ帰ろうとお友達が声をかけたところ、すでに心肺停止、脳死の状態だったそうです。数日後、空のお弁当箱が学校から戻ってきたときは、涙で洗うような思いでしたと書いてありました。

お母さんは、息子がおむすび二つであの世に逝《い》ったということが、とってもつらくてつらくて、たいへんな日々を過ごしていらしたんですね。でも一年経ったころ新聞の小さな案内で知った私の講演に来て、おむすびはソウルフードであるという話に「息子が最後に食べたものがおむすびでよかったんだ」と、こころが和《やわ》らいで、慰《なぐさ》められたんだそうです。

「残された小学五年生の息子にもおいしくにぎって食べさせたいので、おむすびのつくり方を教えてください。そして私の話を聴いてください」ということでしたので、アメリカから帰ってきてすぐにお会いして、現在も交流を続けております。

その女性、山崎直《すなお》さんは、夫の俊明さんと一緒に〈森のこもれび〉という会を発足させ、『地球交響曲　第二番』の自主上映と私の講演会を開催してくださいました。その会場は一年先まで予約で埋まっていたのが、突然、キャンセルが出て急遽《きゅうきょ》決まったそうですが、偶然にも、その日、二月七日は息子さんのお誕生日でした。

誰もが体験する「死別」だからこそ

死別にあって落ち込んで、訪ねてみえる方は大勢いらっしゃいます。さまざまな死別がありますが、家族を失った人たちのつらさはやはり大きいものです。生きる力を失って、どうしても悲しみのどん底から抜けられない方もいらっしゃいます。

私の所属している教会に、秋田県から若いご夫婦が訪ねてきたことがあります。お父さんが亡くなって、お母さんが毎日仏壇の前で泣いているというんです。ただただ座って泣いている。それを見るのがとても耐えられない。なんとかしてお母さんが元気になってくれないかしらと。そのころ、私も五十二歳で夫を亡くして間もなかったのですが、一カ月くらいで教会の仕事に復帰していたんですね。それで、どうしてそのように元気でいられるんだろう、ということで自宅に訪ねてみえたのでした。

大切な人の死にあえば、なかなか悲しみから抜けきれないのは当然のことです。私も夫とは年が離れていたので、夫が先立つことは覚悟していたつもりでしたが、悲しみは抑えがたいものでした。だけど、だからといってそこにとどまっていてはいけないと思ったんですね。死別はどなたも体験すること。ほかにもそういう人はいるのだから私もがんばりましょう、そんな気持ちを持つことが大事ではないかと。いつまでも自分の中に悲しみを抱えていると、自分の健康にも影響してきますしね。そのようなことをお話ししましたが、そのお母さんは、それからほどなくして、健康を害して亡くなってしまいました。

死別のようなつらい体験にあうと、〝どうして自分だけこんな目にあうんだろう〟という気持ちに陥《おちい》りがちですが、自分だけが悲しみを受けていると思うことこそが、悲しみから抜けきれない原因になっていると思います。もっと自分の気持ちを開いて、その中に埋没するのではなく、そこから一歩出るようなこころの努力をしなければいけないように思います。今は苦しいけれども、この苦しみを受けたことで、同じような体験をしている人のこころも察することができるし、人の力になってあげられることもあるのです。

人のために動く。その喜びが生きる力に

実際、そうして立ち直っていった方もたくさんいらっしゃいます。あるとき、出先から家へ戻ると、スタッフが「お客さんがきて、二階で泣いてるよ」と言います。急いで二階に上がってみると、初めてお会いする女性が目をハンカチで押さえてただただ泣いている。こころを落ち着けて、どういうことでいらしたのか訊いてみました。

七年前に息子さんを亡くしたとき、私のことを本で知って会いたくて、いろんな形で調べたけど、連絡方法がわからなくてがまんしていたと。ところが、今度はご主人がたった四カ月の闘病生活で亡くなってしまい、どうしても私に会いたくて会いたくて、〝佐藤初女という人が住んでいる町の土を踏むだけでもいい――〟そんな気持ちで、津軽に住んでいるという情報だけを頼りに青森までやってきたんだそうです。当てもないので、駅の観光案内でひとつひとつ事情を話し、私がガールスカウトの仕事をしていたことを思い出して、ガールスカウトの事務所の電話番号を教えてもらい、なんとか弘前の私の自宅まで辿り着いたということでした。

その方の言葉に耳を傾けながら、私のほうからなにか言うことではない、言葉にしてもかえって慰めにはならないんでないかと思い、一心にお話を聴いておりました。

そうしているうちに夜遅くになりましたので、今晩はここにお泊まりくださいと言いましたら、「私はこれまで知らない人を、家に上げたり泊めたりするということは自分でしたこともないのに、そんなことを人にしてもらえないから帰る」と言うんです。それでも、布団の準備もできているのでぜひ泊まってくださいと勧めて、やっと泊まっていかれることになりました。

次の日、森のイスキアにご案内して、今日はここに泊まっていってゆっくりお話ししましょうといったのですが、やっぱり帰るとおっしゃって。それで、そのときにね、「いつまでも悲しみの中にとどまっていては先に進めないから、とにかくまず動いてください。自分のためでなく、人さまのお役に立つように動いてくださいね。その人が喜んでくだされば、その喜びが自分の喜びになって、力になるんですよ」と言いました。

するとたいへん素直に「はい、わかりました」とおっしゃったんです。

素直に受けとめる人ほど立ち直りも早い

私は、同じことを何人もの人に言っていますが、素直に受けとる人は少ないんですよ。たいてい、「今の私にはできない」とか「しんどい」とか言う。しんどくてもそこをやれば喜びに変わってくるんですよ、と言っても、「そんなことをしていたら死んでしまう」と言う人さえいます。すぐ言い訳をする人、悲観したり、理屈を言う人は、自分のこころの中で悲壮なイメージをふくらませながら、同じ場所をぐるぐる回ってしまうようです。悩んでいても、その出来事を素直なこころで受けとめることができる人ほど、立ち直りも早いように思います。

その方は、二日後に電話をかけてきて、自分で歩いて通えるくらいの場所にある乳児院で働き始めたと報告してくれました。赤ちゃんをお世話することにたいへん喜びを感じてらして、それから何年も経ちますけど、ずっとその仕事を続けていらっしゃいます。初めてお会いしたときは、あんなに打ちひしがれて、ただただ涙で声も出ないような状態でしたのに、今はみんなに「若くなったね」って言われるくらい、とってもいきいきと美しく、元気になられました。

7 今を生きる

悲しみから一歩立ち上がるためには、自分の努力が必要なんです。その努力というのは、人さまになにかして、喜んでもらうこと。私たちは、人に仕えるために生まれてきたといいますが、本当にそう思います。人のために役立つことをする中で、相手の喜ぶ姿に自分の生きがいを見出すと、他人を慈しむこころが芽生えます。そのときはじめて、自分が置かれた状況を広い視野でみつめ、与えられた恵みに気づくことができるんですね。そして、人のために働くことに、なにものにも代え難い喜びを感じるはずです。それは、誰もが持つ天性です。一度体験すると、生きていくうえでこれ以上の感動はないんですね。

人のために働く場合は、まず、なにがこの人のためにできるだろうと考えることが大事です。つい自分の考えでおし進めたくなりますけど、自分がいいと思うことをやるばかりでは、往々にして反対の結果になりがちです。自分の思いだけでばっぱっとやるのではなく、こころとこころを通わせ、ひとつひとつ考えながら、その人が真に求めているものを、さりげなく差し出してあげるのが、本当に与えることになります。

そこには交流がいかされてくるんですね。深い交流があれば、今あの人はこういうことを望んでいるのではないかと察して、それをさりげなく差し出し、その人を慰めることができると思います。ふだんあまり交流がないのに、なにかしてあげようと思ってやっても、なかなか通じないでしょう。

いざというときに生きる、人との交わり

とくに死別のときには、生前の交流が深くかかわってくるように思います。

がんで亡くなった友達のお葬式に出たときのことです。お姑《しゅうとめ》さんが、火葬場の扉が閉められても、そこから離れられなくて、亡くなったお嫁さんのことを「おかあちゃん！　おかあちゃん！　おかあちゃん」と呼んで、両手でパンパンその扉を叩《たた》いて

いるんです。みんなが引き離しても、またそこに戻って叩いている——。

実は、友達とお姑さんとはあまり仲がよくなかったんですね。何か悔いがあると思いが断ち切れず、そこで反省が出るのかなあと思いました。

とかくお嫁さんとお姑さんとは問題がありがちですが、このようなこともありました。

昔、結核を患ったことのあるおばあちゃんが、八十歳を超えてからだが弱くなって、入院したんですね。そのときに、そこのお嫁さんから、お見舞いに毎日行かなきゃいけないんだけど行けないっていう相談を受けたんです。結核が再発してるんじゃないかと恐れているんですね。

「子どもにうつっても困るし、誰も見舞いに行けない。どうしたらいいんでしょう」と言うので、あ、これは私に行って欲しいんだと思って、「私が行きますよ」と言って、その足でお見舞いに行き、翌日も病院に行きました。

そのときの容態は、それほど悪いようにみえませんでしたけど、一週間くらいで終末期を迎えたんです。それから家族みんなで来て、孫も「おばあちゃんどうしたの!?」って懸命に話しかけるんだけど、ようやく呼吸をしているような状態で。言葉もないまま、そのまま亡くなってしまいました。

その後、お嫁さんは、毎日お墓に通い詰めていると聞きましたけれど、やっぱり元気なときによいこころの交流があれば、同じようにお墓参りをしても、きっと気持ちが違ってくるんでないかと思うんですね。コミュニケーションは本当に大事です。軽く流されることもありますが、私は人と人との交わりを深くしていきたいと思っております。

息子の死を生かすように——

「人の身にあったことはやがて我が身にある」といいます。これは、人のことは何気なく受け流しがちだけれども、そうでなく、よく受けとめなさいということを教えてくれているのではないかと思うんです。みなさんにお会いして、悲しみのことを聴きながら、自分でもその方の身になって聴いているつもりですが、とかく自分のことは大きく感じるものです。自分で体験すると、今までの考え以上のものがそこにあるということを、身に染みて感じております。

二〇〇二年六月三日のことです。さわやかな風が初夏を運び、森のイスキアから自宅へ帰る道々、十年あまりも続いていることなのに、この日ほど新緑が美しく映る日はありませんでした。車に揺られながら緑の中に浸り、心地よい風がからだに染みこむのを感じつつ、自宅に到着しました。

スタッフとお茶を飲んでひと息つき、次の予定の打ち合わせを済ませ、散会しようとした矢先のこと。救急車の音が聞こえてきたんです。どこかお家を探しているんだね、とみんなで話していたところに、息子の妻から訃報《ふほう》が入って、それが我が子との別れでした。

そのときは、受話器を持ってそこに立ちすくみました。立ちすくむと同時に、〝こうしてはいられないんだ、残された妻や孫たちはどうなるだろう〟と思いました。

みなさまのお力をいただいて、無事に葬儀を済ませることができましたが、葬儀のさなかにも、参列くださったおひとりおひとりのことを息子に語りたい衝動にかられ、〝もういないんだ〟と我に返る。元気だった息子の姿が、こんなに早く消えていくはかなさに、〝なぜ?〟という思いが、幾度も胸を去来しました。

けれども、つらく重い別れを経験しているのは私だけではないし、私よりつらい思いをしている人もたくさんいらっしゃるわけです。いつまでも悲しんでいるのではなく、息子が生前望んだようにやっていくことで、息子の死が生かされることにもなる。それが慰めにもなり、感謝にもつながる——。そう思うようになりました。

亡き息子からの一通の手紙

弘前の小学校の母親クラブで講演をさせていただいたとき、息子が主催者に依頼され、私宛に書いた一通の手紙が残っています。

『病弱だった母が信仰的に決意し、神さまのお恵みとして出産したと聞いています。命をいただいたことに感謝しています』という書き出しで始まり、『自立した女性の生き方として、母を尊敬しています』と結んでありました。

私のことをとても気づかってくれていた子でしたから、もし、私が先に逝って息子が残っていたら、どんなにか悲しんだでしょう。そんな悲しみを与えなくてすんでよかったのかなとも思います。私を理解してくれていた息子が望むように、今この一瞬一瞬を大事にして、神さまにゆだねて生きていこうと思います。


亡くなった人は常に自分の中に生きています。生前、一緒に暮らしていけないことも多いですが、亡くなってからは本当に自分とともに生きているように感じます。これこそがキリスト教でいうところの〝復活〟ではないかと思います。亡くなった人は姿は見えないし、言葉は通じませんが、その人が〝今、ここにいるんだ〟という気持ちで、いつもこころの中で話しかけています。

私の息子についていえば、みんなと一緒に食事をすることが、とても喜びだったんですね。ですから、みんなと一緒に食事をしているとき、ここには息子がいるんだ、という気持ちで日々過ごしています。決していなくなったのではなく、かえって、今まで以上に自分と一緒にいるのではないかという気持ちを強くしています。

今を生きることが死への準備

年をとると夜眠れないといいますが、私はその反対で、夜寝る前にはなんにも考えられなくなってパタンと眠ります。朝起きてみると、カーテンもしてないし、玄関に鍵もかかってなくて、びっくりすることもあるんですよ。

寝ている間にやってきた大雨にも気づかないので、朝、みんなが来て、「昨日の夜はひどかったねえ」などと話していると、恥ずかしいから、「ひどかったねえ」って話を合わせるんです。でもあるとき、よその人から「台風は大丈夫でしたか」と訊かれて、「おかげさまでなんともありませんでした」とこたえたら、屋根のトタンがはがれていたの（笑）。

そのくらい、なにもかもおまかせで眠っているんだけれども、そのときにいちばん感じるのは、「生かされているんだなあ」ってことです。八十何年もの間、ひとときも休まないで私のからだが働いてくれていることに、「今日も生きていたんだ」と非常に感謝が出てくるんですね。もしも私の心臓が、ちょっとでも休みたいといったら、そこで終わりですからね。

八十歳をすぎてからは、「死に対してどう思いますか」という質問をちょこちょこと受けますが、特別に準備などしていません。病気になったり、からだが不自由になったりしたときのために、どうすべきかという支度もしていません。というのも、今刻まれるこの一刻一刻がもう死に近づいているのだから、今を生きることが、もう死の準備になっているという気持ちが大きいんですよ。今を喜びとともに大切に過ごしていくことが明日になり、また過去にもなる。それがいちばんストレートな考えではないかと思っています。

そのようにあっさり考えられるのも、私には知識もないし、学問を受けているわけでもない、財力に恵まれているわけでもない、なんにもないからそうこたえられるんじゃないかなと、最近感じてきました。私は、失うものがなにもないから無になれるけど、持っているものがたくさんある人ほど、自分を捨てられないものです。

そういうことを、財力のある人や大きな仕事をしている人たちの前で話すと、首をかしげて、だんだんしらけてくるので、これはそういう場で話すことでないんだなと思いました（笑）。

「では次の夢は？」とよく訊かれますが、今を生きることに尽きると思います。

森のイスキアを誰が継ぐのかと心配して尋ねる方もいますが、そのことについても、私は考えていないのです。私の死後、もし、森のイスキアが必要ならば続くでしょうし、必要がなければ終わるかもしれません。

昨日と違う今日の自分

明日のことも私たちは知りません。一寸《いっすん》先はわからない。それなのに、今をみないで五年先、十年先のことまで考えて、緻密《ちみつ》に計画を立てていても、そのようにはいかないことのほうが多いもの。人間の計画や知恵なんて淡いものです。そんなことを思い煩《わずら》うよりも、今、ここの足もとをしっかり踏みしめて大事にしていったほうが、私は確実だと思うんですね。

今の時代、みなさん、結果が早く欲しくて、先を急ぎすぎだと思いますよ。「どうしてそんなに急いでいるの？」と尋ねると、「だって急がないと遅れるもの」と言います。けれども、そんなに急いでも、人生よくなるものでもないんですね。今ぐらい確実なことはない。確実なことが将来の夢や希望につながるし、また死の準備にもなっていくと思います。

今を生きるということは、今出あう人、ひとりひとりを大切にして、小さいと思われることも大事にしていくことです。出あいなくして、私たちは前に進んでいけないと思うんですね。

ただ、物体と物体のように会っていると、時間とともに流されてしまいますけれども、こころとこころを通わせて出あったときには、必ずなにかそこに気づきと発見があります。気づきと発見があっても、そのままにしていたのではなにもならないので、行動に移していきたいと思います。

私は、昨日と同じ今日は嫌なんです。毎日同じことがあるわけではないのですから、日々の出来事の中から、どんな小さなことでもいいので気づきと発見を得て、行動に移していきたいんです。最近の発見で感動したのは、大根や人参を太く輪切りにするときには、包丁を動かすのではなく、まな板の上で野菜のほうを動かしていくとまっすぐに切れること（笑）。

そんなふうに小さな発見でもいいから、毎日なにかしら新しい気づきを得たい。そのささやかな積み重ねが、一年、二年、五年、十年と経ったとき、知らず知らずのうちに成長につながっていくように思います。

8 森のイスキアの誕生

私たちの今のような活動というのも、特別これを始めようと計画したことではなく、毎日の生活の積み重ねが、このような形になっていったんです。

きっかけは、一九七〇年ころ、私が所属している弘前カトリック教会の主任司祭だったヴァレー神父さまのお説教でした。

「奉仕のない人生は意味がない。奉仕には犠牲《ぎせい》が伴う。
犠牲の伴わない奉仕は真の奉仕ではない」

その言葉は、私の胸の深いところにまで響いてきました。

それまで私は、まわりの人の相談にのったり、おなかがすいている人と食べ物をわかちあったり、自分が無理なくできる範囲のことはしていたんですね。けれども、本当の奉仕をするためには、もう一歩進まなくてはと気づいたんです。

私にはこころがある

教会からの帰り道、私にできることはいったいなんなのか、雪融け道をゆっくり歩きながら考えました。私にはお金もない、特別な技術もなにひとつありません。私になにができるのでしょう――。そして、ある交差点にさしかかって立ち止まったとき、ふとひらめいたのは、

〝私にはこころがある〟。

こころなら、くめどもくめども尽きることはありません。こころならいくらでも差し上げることができます。私はそのことに気づき、大きな喜びに満たされました。

当時、短大で染め物実習の講師をしていた私は、自宅に染め物工房として使っていた一室がありました。狭くてもよい、ここにどなたをもあたたかく迎え入れよう――、そうこころに決めました。以来、さまざまな人たちと出あい、話をする機会が増えました。そしていつの間にか、なにかしらの問題を抱えた人たちが話をするために私の

自宅を訪れるようになったんです。

ちょうどそのころ、東京から青森の大学へ、聖心女子大学教授でシスターの鈴木秀子先生が講演にみえました。私はシスターに家に来ていただき、部屋に入りきれずあふれるほど集った人たちとお話を伺いました。これをご縁に問題を抱える多くの人たちを支援していくうえで、シスターのお力をいただくことになります。

当時、私の家は小さな平屋でしたから、多くの人が集うにつれ、手狭になってきました。庭をつぶして部屋を広げたものの、それもすぐに狭くなってきて、二階を増築したいと思いましたが、私にはそんな力はありませんでした。

途方に暮れていたところ、シスターと十日ほど生活をともにする機会がありました。ともに過ごす最後の晩、何気ない会話の中で「ここに受け入れ態勢をつくらなければね」と静かにおっしゃいました。シスターのそのひとことが、たいへん意味深く感じられたので、そのあと家に来た同じ教会の信者の方にそのことを話したんですよ。すると、「じゃあ、私が出すわ」と予算の三分の一もの大金を、実にあっさりと出してくれたのです。その後も、賛同する方々が次々に現れました。親交の深い数人の信者さんたちから、「まとまったお金は出せないけれど」と、毎月二万円ずつの寄付をいただいたりもしました。そんな思いがけない募金のおかげで、一九八三年、自宅の二階を増築することができたのです。感謝と記念をもって〈弘前イスキア〉と命名し、悩みや苦しみを抱える人たちに開放しました。

桜の季節に、花開いた夢

当時はサラ金問題がはびこっていたときで、暴力団から追われ、行く当てのない人たちがつぎつぎに訪ねてきていました。遠くは沖縄からみえる人もいて、すぐに解決することでないので、長い場合は三カ月くらい滞在する人もいました。しかし、自宅に長期間人を受け入れることにはやはり限界がありました。十年が経とうとするうちに、このままではいけないと感じた私は、〝自然の中にみんなが集い、安らげる場があれば……〟と切に願うようになりました。

そのとき、私に手持ちの資金があったわけではありません。それでも、行く先々で空き地があれば「これはどこのものですか」「坪数はどれくらいありますか」などと土地を探してほうぼう見て歩いていました。

　具体的な見通しもたたないまま何年も経った春のこと、弘前イスキアを応援してくださっていた鈴木朝子さんのご両親とお会いする機会がありました。お父さまの治雄さんが、弘前の桜をスケッチしたいということで、東京からご夫妻でおみえになったのです。なにも心配なさらないでください、と言われましたが、せっかくですからぜひにと弘前の自宅にお招きし、一緒にお食事することになりました。といっても、特別なごちそうを用意したわけではないんです。

　ちょうど山菜の季節でしたから、わらびやこごみなどをメインにして、土地の料理をつくりました。ご夫妻は「これこそ本当の食です！」とたいへん喜んでくださり、都会の食は堕落《だらく》している……と嘆かれました。あまりに喜んでくださるので、ついうれしくなって、翌朝の食事もお誘いし、我が家でご一緒していただくことになりました。そして、お昼はおむすびを持って弘前公園の桜をみながらいただきました。

　こうして三日間、食事をともにし、親しく語り合う中で、治雄さんが「このような活動は全国にあってほしいけれど、なかなかできることではないので、初女さんにはぜひ続けて欲しいです」とおっしゃって、「私になにか支援できることはありませんか」とお尋ねになりました。「私には夢があるんです」

「どんな夢ですか」

「自然の中にこの活動を展開していきたいのです」

「では、一緒に夢を実現しましょう。どうぞ土地を探してください」

そのとき二十人くらいの人が同席していましたが、誰もその言葉を信じていませんでした。けれどもこの短い会話がきっかけとなり、長年抱いてきた夢が、一気に実現へと向かい始めたのです。

つぎつぎに寄せられた善意のお金

それからまもなく、三方を森に囲まれた、思い描いていた通りの土地をみつけたので、これは神さまのお望みに違いないと、ためらうことなくその土地をほしいと申し出ました。

自宅を抵当に入れてでも、すべてを失ってでも、この新しい活動に身を投じようと決意しておりましたが、土地を購入したあとも、不思議に思えるほどの資金の申し出があり、やはり神さまのお望みなのだという思いをいっそう強くしました。

弘前イスキアを開いた際に、多額の寄付をしてくださった方は、森に家を建てるためにに見積もっていた予算の半分もの支援を申し出てくださいました。ほかにも、多くない収入からそれでも寄付をしてくれた年若い人、ある人は老後のための蓄《たくわ》えを、またある人は自分の家の建築資金をと、さまざまな人たちからつぎつぎに善意のお金が寄せられたのです。

家の基礎工事の際に、建て上げの高さを決めるときも、積雪に耐えるには二メートルの高さが必要でしたが、当初の予算では一メートル三十センチしかつくれず困っていたところ、この土地の持ち主だった方が資材を提供してくださいました。また、私とのご縁で自殺を思いとどまったとおっしゃる方のご厚意で、浴槽も当初の予定の二倍の大きさとなり、湯段《ゆだん》温泉からお湯を引いた立派なお風呂となりました。

こうして、一九九二年十月十八日、十人ほどが泊まれる小さな家が完成しました。念願の〈森のイスキア〉の誕生です。家具や食器、寝具、必要な備品は、以前、弘前イスキアを訪れ、苦しみを乗り越えていった人たちが全国から贈ってきてくれました。また、食事やお掃除などのお手伝いには、たくさんの人がボランティアで協力してくれるようになりました。そのように、出あった方たちのご縁の輪が、知らない間につながっていき、少しずつ形になっていったのです。

遺族の志がつながった〈小さな森〉

多くの人たちが森を訪ねてくるようになると、自然保護のためにもイスキアの森の後ろの土地を確保したいと望むようになりました。そもそも、この土地を選んだのは、母校・明《あけ》の星《ほし》学園の創立者が、「活動のために土地を求めるときは、のばしていける土地を求めるものですよ」と話されたことが、私の中にはっきりと残っていたからです。イスキアの森の裏の土地はうっそうとした杉林でした。そこに遊歩道をつけ、ベンチを置いて、瞑想《めいそう》したり、思いをわかちあったりできるようになったらいいなあと夢はふくらみましたが、私の力ではどうにもなりません。

ところが森のイスキアがオープンして五～六年経ったころ、思いもかけない善意のお金をいただくことになりました。親交深くしていた方が、香典の三分の一を私にやってほしいと遺言を残してくださり、その土地を購入するための予算の半分以上ものお金を、ご遺族から寄付していただいたのです。そんなところにまた、お父さんが社会奉仕もしないで亡くなったからと、自分が相続した遺産の一部を寄付してくださった方や、ほかにも活動資金を提供してくださる方々が現れました。みなさん、なにかに役立ててくださいということで、使い道には一切関与せず、ただ「どうぞ」と。本当に玄関先でぽんと置いていかれるような感じでした。

それらのお金はすべて土地の購入にあて、ありがたく裏の土地をいただくことができました。

二〇〇〇年八月、そのお祝いのための祝別式を行うことにしました。息子・芳信《よしのぶ》が中心となって準備を進めていたのですが、祝別式の当日の朝のことです。

「母さん、土地の名前は決めたの？　今日の祝別のテーマは決まった？」

芳信にそう問われ、決めていないと答えました。そこまでは考えていなかったのです。

すると芳信は、「名前がないとだめだよ」と言って、〈小さな森〉という名前を考えてくれました。私もその名前がたいへん気に入り、その場で〈小さな森〉と命名いたしました。

9 鎮魂の森

人間が手を入れた森は、放っておくとどんどん荒れていくのだそうですが、〈小さな森〉は植林された杉林で、間伐されることもなく放置されていたので、ただうっそうと繁り、人の出入りを拒んでいるかのようでした。長年にわたって親交を深めた方のご遺志や、そのほか多くの人の善意によって思いがけず与えられた土地です。このまま放ってはおけないという思いは強くあったのですが、私の力が及ばず、なかなか手をつけることができないでいました。

そうして一年、二年と月日が流れ、二〇〇二年六月、突然の息子の死――。その年も慌ただしく暮れていこうとしておりました。

〝わかちあい〟の森を夢見て

けれども、暮れも押し迫った十二月、大きな展開がありました。きっかけは、東京サレジオ学園という家庭に恵まれないお子さんを受け入れている児童養護施設での講演会です。学園の中心にある聖堂が、アッシジの大聖堂の雰囲気にとても似ていたことにたいへん感動して、一緒にアッシジを旅した吉田俊雄さん・紀美子さんご夫妻にも見ていただきたいなあと思い、見学をお勧めしました。

吉田さんご夫妻は大学生だった息子さんを喘息《ぜんそく》の発作で亡くされて、イスキアを訪ねてくださり、それがご縁でおつきあいが始まりました。関西のお仲間と一緒に小さな森の祝別式にもいらしてくださり、「みんなで初女先生に学びたいと思っています。私たちの集まりに〝小さな森〟という名前をつかわせていただけますか」とおっしゃってくださいました。〈小さな森の会〉のみなさんとは、お目にかかったときから通じ合うものを感じておりましたが、以後ますます近しく交流させていただくようになりました。

　吉田さんご夫妻がサレジオ学園を訪問すると、学園の方と一緒に、設計者である建築家の藤木隆男先生が出迎えてくれたそうです。藤木先生じきじきに、広大な敷地の学園の建物のひとつひとつを丁寧にご案内してくださったとか。後日、夫の俊雄さんが藤木先生に直接連絡をとってくださり、「小さな森を見てなにかアドバイスをいただけないでしょうか」とお願いをしてくださいました。私がひとりごとのように、「小さな森のことが気にかかっているの」とつぶやいたひとことを気にかけてくださっていたのです。藤木先生は、「初女先生にはお目にかかったことはないけれど、お噂は聞いていていて、一度森のイスキアを訪問してみたいと思っていました」と快く承諾してくださったそうです。吉田さんご夫妻は、私が藤木先生と親しい知り合いだとすっかり思い込まれていたそうで、「藤木先生のような大きなお仕事をなさっている方に……」と、たいへん恐縮されていました（笑）。

　二〇〇三年十月、藤木先生が森のイスキアを訪ねてくださいました。もちろん藤木先生のような方に小さな森の修景《しゅうけい》をお願いするなどと大それたことを考えていたわけではなく、私もなにかちょっとしたアドバイスをいただけたらという気持ちでした。ところが藤木先生は、損得を顧《かえり》みず、最初から献身的にかかわってくださいました。初めて森のイスキアにいらっしゃったとき、雨の中、傘をささずにいつまでもスケッチをされていたのが、つい昨日のことのように思い出されます。

不思議はあなたのもとで行われる

こうしてなんの予定も立っていなかった森の修景計画が、突然動き出しました。藤木先生は、薄暗かった杉林に太陽の光が注ぎ込むように間伐計画を立て、遊歩道を通して、円形テラスを設計してくださり、二〇〇四年十一月より、小さな森の修景工事が着工することになりました。土木工事を担当してくれた西村組、ブランコや藤用のパーゴラ（蔓棚《つるだな》）をつくってくれた中村弘前の方々は、何度も微調整を繰り返して工事にあたってくれました。

みなさんから寄付していただいた記念樹も、ふさわしい場所に移植され、さらに新しい樹木も加わりました。藤木先生のご紹介で、サレジオ学園の造園を担当した樹木医の新井孝次朗さんが、わざわざ北海道まで直接足を運んで、イスキアの厳しい条件下でも耐えられる樹木を仕入れてきてくださいました。シナノキ、ハルニレ、キタコブシ、オオヤマザクラなど、小さな森にぴったりの木を一本一本吟味して、しかも、経費削減のために東京から日帰りで出張してくださったようです。

偶然ですが、現場で植栽にあたってくださった藤崎造園の兵藤勝幸さんは、新井さんとは樹木医研修の同期生で一緒に合格された仲だそうで、うれしい再会を果たされました。そういった偶然はほかにもあって、藤木先生は、「小さな森の修景事業に携《たずさ》わった人たちは、神さまに召し出されたようですね」とおっしゃっていたそうです。

なぜだか、私のまわりではそういう偶然って多いんですよ。偶然が重なることもよくあるので、あるとき神父さまに「不思議ですね」と話したら、「不思議はあなたのもとで行われるんですよ。それは神の働きです」とおっしゃってくださって。この修景計画に最後までご尽力くださった多くの方たちも「不思議なくらい素晴らしいチームワークが醸《かも》し出されていましたね」と感慨深げにおっしゃっていましたが、私の小さな思いがいろいろな人の想いと響き合い、想像もしていなかった大きな流れになっていったことは、やはり神さまのお働きとしか思えません。

二〇〇五年七月、二年がかりで行われた小さな森の修景がついに完了しました。ここに至るまでには、たくさんの方々のご助力をいただきました。資金を提供してくださった方の多くは、肉親を失ったご家族で、その悲しみを捧《ささ》げるようなお気持ちで支援を申し出てくださった方たちでした。ですから、小さな森は〝鎮魂の森〟でもあるのです。

修景後の小さな森は、木々の間からやさしい光がさしこみ、さわやかな風が吹き抜けていきます。下草や低木が息を吹き返し、ミズバショウや珍しいきのこまで登場しました。虫や鳥、リスなどの小動物もやってきて、本来の健全な自然の姿へと戻りつつあるようです。森の中には小道が通り、みんなが集える丸いテラスもできました。修景完成の祝別式の前日、ご支援くださったご家族が丸いテラスのベンチに腰掛けて、やさしい木もれびに包まれながら、故人をしのんでゆっくりと語らっていらっしゃいました。そのように、亡くなられた方の魂も、生きている私たちも、ともに集って、こころを通い合わせる場所になることを願っております。

10 森をゆく船

修景が竣工してから五年。今、〈小さな森〉の木々は、すごい勢いで生長しています。

そのたくましさには、本当に圧倒されるばかりです。高さも太さも年々違う。自然の生命力はなんと素晴らしいのでしょう。冬の寒さや雪に耐えてね、その忍耐が生きる力になっているのでしょう。

春の訪れとともに、キタコブシが純白の花を咲かせます。近づいてみると、真っ白い花弁に淡い紅色がうっすらとさして、ほんのり甘い香りがします。東京サレジオ学園から贈られた木ですが、この花を見るたびにサレジオの子どもたちを思います。

入り口から道路脇にズラリと並んで立っているのは桜の木です。これは、〈宮城県青年の船〉の人たちからのプレゼントです。私が青年の船で講演をしたときの船の名前が〈新さくら丸〉でしたし、弘前も桜の町なので、桜の苗木にしましょうということでくださいました。ソメイヨシノ、八重桜、山桜――。春には桜の木々を眺めながら、みんなでお花見をして楽しみます。

木に秘められた尊い思い

建物の左手のトチノキは、私の幼なじみのT子さんが亡くなったとき、息子さんが「母のために」とT子さんが好きだった木を寄付してくださいました。

T子さんとは八十歳を過ぎてから偶然再会し、以来、イスキアに来て私の手料理を食べるのをいつも楽しみにしてくれていました。あるとき、青森空港でばったり息子さんに会ってT子さんが入院したことを知り、その足でお見舞いに行きました。T子さんはそれから数日後に亡くなったのですが、最期まで「初女さん、初女さん」と言っていたそうです。

ご遺族のみなさんは、彼女を偲《しの》ぶ木としてお墓参りするような気持ちで、小さな森を訪ねてきてくれます。このあいだは、家族十人でいらっしゃって、みんなでその木をなでていらっしゃいました。

トチノキはとても雄大な木。開いた手のように大きく分かれた葉っぱが特徴的で、秋には黄色く色づきます。栗のような形をしたトチの実は縄文時代から食材にされてきました。灰汁《あく》抜きをして、お餅《もち》にしたトチ餅は独特の風味があり、たいへんおいしいです。

白樺《しらかば》には忘れられないエピソードがあります。

その青年と出あったのは、上野発の夜行列車の中でした。カーテンを閉めて自分の席で休んでいたら、通路からわめくように、自分の苦しみを訴えている男の人の声が聞こえてきたんです。津軽海峡に飛び込んで死にたい、と叫んでる。カーテンを開けて、声をかけようかとも思いましたが、列車から降りられるわけもないので、きっとこの人は朝早く目覚めるだろうから、私も早起きして様子を見ていようと思い直しました。男性はしゃべるだけしゃべったら少し落ち着いたようで、静かになりました。

翌朝六時ごろ、カーテンを開けると、青年はちゃんと着替えて窓の外をじっと眺めていました。聞けば、北海道のとある町のプロテスタントの信者で、教会で知り合った女性とつきあっていたけれど、彼女が黙って東京に行ってしまったんですって。もう一度話をしたくて東京まで追いかけて三日間滞在したけれど、とうとう彼女は現れなかったそうです。それで、「そのまま北海道まで帰るのはたいへん疲れるでしょう。私のうちに寄って休んで行きませんか」と誘ったのですが、とにかく帰ると言うので、自宅の住所を教えて、いつでもいらっしゃいと言って別れました。

二日後、弘前のプロテスタント教会の婦人会に染め物の講習に行きましたので、事情を話して、彼の所属する教会の牧師さんに連絡をとってもらいました。すると、青年から手紙が届き、文通が始まりました。

「マリアさまはつらい思いをさせないですよね」と青年は何度も書いてくる。私も「そうですよ、マリアさまはやさしいですよ」とお返事を出す。彼はとてもマリアさまに惹《ひ》かれていたんです。出あって二年目のクリスマス、彼はカトリックに改宗して、マリオという霊名で受洗しました。

青年は造園業にお勤めでしたので、「あなたが手塩にかけた白樺を森のイスキアに植えさせて」とお願いしたら、喜んで二十本の白樺の苗を送ってきてくれました。白樺の苗木が到着したとき、沖縄から十五人のグループが滞在していたので、みんなでセレモニーをして植樹しました。

こころ揺らす風を追い風に変えて

それから数年経って、白樺の苗木も若木に成長しました。人間でいえば十七、十八くらいでしょうか。ある風の強い日、少年のような若木が風に翻弄《ほんろう》されて、枝をしならせているのが目にとまりました。そのとき、数日前に神父さまと交わした会話が思い出されました。

当時、私はすでに八十歳になっていましたが、常にこれでいいのかと自問し、〝こんなにも揺れ動く自分はなんと弱いのだろう、もっと強くならなければ〟と自分を鼓《こ》舞《ぶ》していました。

そんな思いを神父さまにお話しすると、「揺れ動くのもいいのですよ」とおっしゃいます。

「でも、大揺れに揺れるんです」。再び私がそう言うと、にっこり笑って、

「揺れてもいいですよ。一本芯が通っているとね」と勇気づけてくれたんです。

風に翻弄される白樺は、常に揺れている自分のようでした。でも、よく見ると、幹だけは毅然《きぜん》として動かないのです。なるほど、神父さまがおっしゃっていた一本芯が通るとはこのことかと、深く納得できました。

成長の途上には、揺れ動くことも必要です。そして、人間はいくつになっても成長の途上にあるのです。枝を揺らす風を、自分を育てる追い風に変えて、大地にしっかりと根ざして生きていきたいものですね。

樹木医の新井さんからうかがったのですが、白樺は山火事のあとでもいち早く生えて、大地をよみがえらせる木なのだそうです。大地を育むのでマザーツリーとも呼ばれていて、大地を潤《うるお》す役目がすめば、他の樹木にその場所を明け渡すのだそうです。お役目を果たすには百年くらいの時間を要するそうなんですけど、樹木にとっての百年なんてあっという間なんですって。新井さんには、百年後の小さな森が見えている

ようでした。

良い木は良い実を結ぶ

新井さんは、とても愉快《ゆかい》な方で、樹木のひとつひとつについて楽しいお話をしてくださいます。たとえば、杏《あんず》は中国原産で、やはり寒い地方の樹木だそうです。昔、中国の呉《ご》の国に、日本の赤ひげ先生のように貧しい人からはお金をとらないお医者さまがいて、治療を受けた人びとはせめてものお礼にと、そのお医者さまの家のまわりに杏の苗木を植えました。数年後には杏の林ができたそうで、以来〝杏林《きょうりん》〟は医師の尊称になったそうです。イスキアにぴったりだということで、修景のときに新たに加えてくださいました。杏は春になると、桃色の花を咲かせ、初夏には橙色《だいだいいろ》の大きな実をつけます。イスキアではその杏でおいしいジャムをつくっています。

小さな森の入り口にあるナナカマドは、兵藤さんが修景のときに寄贈してくださいました。たいへん燃えにくい木で、「七度かまどにくべても燃え残る」というところから、その名がつけられたというお話もあります。夏には可憐《かれん》な白い花を咲かせ、秋にはあざやかに紅葉して、小枝の先に鈴なりに小さな愛らしい赤い実をつけます。迫害され、放浪する聖母マリアに、自分の実を差し出した植物とされていて、神さまが祝福として、実の中に十字の印をつけ、どんな寒いときでも実が凍らないようにしたそうです。花言葉は、『私と一緒にいれば安心』『怠りない心』。これもまた、森のイスキアにぴったりの木です。

「良い木は良い実を結ぶ」という聖書のおことばのように、私たちも良い実を結び、やがて小鳥が来てさえずるような木になれますように。小さな森の木々にあやかって、元気で成長し続けていけたらと願っています。

必要なものは必要なときに与えられる

こうして振り返ってみると、ひょっとしたことでここまで運ばれた、そういう感じなんです。

小さいころは青森市に住んでいたんですが、海が好きで、よく浜に出かけていたんですよ。津軽半島と下北半島の間から、マッチ箱のように小さくみえる連絡船が入ってくる。それを眺めるのが好きで、ひとり浜辺に腰掛けて、飽きもせず眺めていました。そして、いつのまにか、私の中に、〝海の向こうには何があるんだろう〟という気持ちが芽生えていったんです。そのうちに、青森から函館《はこだて》に引っ越すことになって、あの海の向こうはここだったんだなと思いました。そして、今度はもっと大きな船に乗りたいなと思うようになりました。

小学校に勤めていたときには、『うみ』という唱歌が好きでね。

うみにおふねを
うかばして
いってみたいな
よそのくに

それはなかなか実現しなかったけれど、一九九七年に、突然、〈宮城県青年の船〉から講演依頼があって、大きな船に乗せてもらったんですよ。そして七十六歳にして初めて、大きな船で海の向こうに行って来ました。

小さな森の修景の際、設計をしてくださった藤木先生は、森のイスキアの土地の図面をご覧になって、こうおっしゃいました。

「森のイスキアは、岩木山から下ってきた舟のような形ですね」

その言葉にはっと胸を突かれる思いがいたしました。今、私たちは、イスキア丸に乗って航海をしているのです。今まで出あったすべての人たち、まだお会いしたことはないけれど、森のイスキアを思ってくださるみなさんとともに――。

そんなふうに、自分で望んだことは、小さいことでも叶《かな》えられ、ひとつずつ実ってきました。日々の積み重ねが今のような形になったと思っています。ですからみなさんも、これはダメだと簡単にあきらめないで、こころでしっかり思っていればいつかそのようになると信じて、乗り越えていってほしいんです。結果を急がないことだと思います。必要なものは、必要なときに与えられますから。

通じ合い、融合し、ひとつのうねりに

もちろん、バッとは変われないと思います。それでも、誰もがゆっくりと成長しているんですよ。だから、一歩ずつね。この線を乗り越えたと思ったら、また次の線がみえてくる。それがずっと続いていくんです。

最期までね。

こうしてみなさんがここにいらっしゃるのも、私がここにいるのも、ただいるのではなくて、出あいから出あいへとつながって、今ここにいるように思います。簡単にここに来ているのではなく、ここに来るまでにいろいろなことを通して、お会いしていると思います。私たちのやっていることはすべて、出あいの中でいただいているのです。

何かのきっかけで出あい、互いに通じ合った人と人とが融合し、ひとつのうねりとなって静かに動いていく。そこからまた新しいなにかが生まれ、大きな力になっていく。目には見えないけれども、出あいこそ私たちの生活から切り離せないものだと思います。この出あいを大事にして、次の良き出あいにつながるようにお祈りして、終わらせていただきます。

第二章　みなさんとの「わかちあい」

講演会ではいつしか私の話のあとに、会場のみなさんから寄せられた質問やご相談におこたえする「わかちあい」と名づけられた時間が設けられることが多くなりました。

若い方からの悩み、子育て中のお母さんの迷い、さまざまな内容が寄せられますが、毎回一心におこたえしております。全国どの会場でも共通するご相談もたくさんあり、また会場では、すべてにおこたえができませんので、ここにまとめさせていただきました。

1　森のイスキアのこと——奉仕のこころ

人のためになにかをするということは、どこかに出かけていかなければできないことではありません。

大切なものは、実は身近にあります。

――〈森のイスキア〉の名前の由来はなんですか？

みなさんのご支援で、自宅の二階を増築することになったとき、感謝と記念にと思い、活動の拠点となるこの場所に、なにか名前をつけようと思いました。でも改築が完了するまでの約一年の間、なかなか名前が浮かんでこなかったんですね。無理をしてつけると取り返しのつかないことになるので、もう少し様子をみましょうと思って、一時断念していました。開設のお祝いを明日に控えたとき、ふとそばにあった本を開いてみましたらそこに、増築のきっかけをくださったシスター鈴木が以前お話ししてくれた、イスキア島のエピソードがあったんです。

イタリアのナポリの大富豪に、息子がひとりおりました。経済的にも、能力的にも恵まれ、なにをしてもよくできた青年でした。ある夜、彼がこころを許している美しい娘と湖でボート遊びを楽しむ中で、娘も彼の愛を受け入れてくれました。青年はこれですべてが満たされたと思ったのですが、そのとたん、たまらない倦怠感《けんたいかん》に襲われました。以後、すべてが退屈になり、なにをする気力も失ってしまいました。

そんなときふと思い出したのが、幼いころに父に連れられて行ったイスキア島でした。あの自然の中で暮らしたいと思いたち、イスキア島の壊れた教会でひとり暮らし始めました。地中海に浮かぶイスキア島から眺める風景は静寂に包まれ、夜になると月光を浴びて棟や城壁が浮かび上がり、一幅《いっぷく》の絵のようでした。そんな美しい風景を眺めながら、青年は自分自身を見つめ直していったのです。三年ほど経って、少年時代のみずみずしい好奇心といきいきとしたこころを取り戻した青年は、家に戻り、お父さんの仕事を手伝いながら社会のために奉仕をするようになりました、というお話です。

私たちの活動も、どうにもならないこころの重荷を感じたとき、ここへ来て自分を見つめ、元気になって社会に戻り、みなさんのために働けるようにという趣旨だったものですから、弘前は私たちのイスキアだということで、〈弘前イスキア〉と命名しました。

それから十年経って、岩木山の麓《ふもと》で自然の中に活動を展開していくことになったときは、森に囲まれた土地だったので〈森のイスキア〉と命名しました。
のちにわかったことですが、イタリアのイスキア島と森のイスキアは緯度がほぼ同じで、地球の表と裏とで直線になるような位置だったんです。しかも、どちらも温泉があり、避暑地になっています。これはやっぱり神さまのお望みだったのだなあと思わずにはいられませんね。

――森のイスキアは誰でも訪問していいのですか?

どなたでもおいでください。「苦しまなければダメですか?」とよく訊かれるのですが、そんなことはありません。ただ建物がとても小さいので、いつでもどうぞとは言えない状態で、予約制にしております。前もってファックスかはがきで、何人で何日という希望を書いてくだされば、うちのほうの予定と合わせながらご相談して決めさせていただきます。

雪を体験したいという要望も多いんですけど、森のイスキアは十二月一日から四月二十日ころまで閉鎖しています。閉鎖するのは、凍結と寒さのためです。どこか一カ所でも閉めていないところがあると水道管が破裂するんです。破裂していても、凍結しているので見た目にはわからないんですよ。あるとき、ストーブを焚《た》いていたら、凍結が融けて、破裂していたところから水が溢《あふ》れ出し、二階が全部水浸しになり、階段から水が滝のように落ちてきたことがあります。そのようなことを何回か繰り返しまして、今ははっきりと休んでおります。

真っ白い雪は本当にきれいで魅力があるんですけど、その一方にはそういうこともあるんですね。雪が融けてくると、真っ白な雪も真っ黒になりますが、それは粉塵《ふんじん》を吸い込んでいるわけです。雪が融けてしまうと粉塵の塊《かたまり》が山のようになって積もっている。きれいに見える雪も、こういうものをみんな吸い込んでくれているんだなあと、よく思います。

イスキアが閉まっている冬の間、初女さんはどう過ごされているのですか？

『地球交響曲《ガイアシンフォニー》　第二番』は公開以来ずっと、全国各地で自主上映が盛んに行われているんですね。それにともない、講演やおむすび講習会などで講師として呼ばれることが増えました。大学生や専門学校生など学生のグループ、主婦のサークル、学校やPTAなどの教育関係、食関係、心理学や医療関係、企業や銀行など、多種多様な方々から呼んでいただきます。

「そのお年で全国を飛び回るのはたいへんでしょう」とよく言われるのですが、おひとりおひとりと触れ合って、直接伝えていきたいという思いが強いんですよ。それに、私もみなさんにお会いすることで励まされ、元気をいただくんです。

主催者がアンケートをとってくれることも多いのですが、あとで全部目を通します。とても深い内容が書かれています。みなさん、さまざまな立場でいろいろな悩みを抱えておられますが、誰もが自分らしく生きたいと願っているんだなあと感じます。

――森のイスキアの看板の文字は初女さんが書いたのですか？

よく私の字に似ていると言われるんですけど、あれは、中学で美術の先生をしていた方に頼んで彫ってもらったんですよ。境《さかい》恭平さんといって、同じ教会の信者さんです。境さんが信徒会の会長でいらしたとき、私が副会長をしていたんですね。たいへん信仰深い方で、私の考えにいつも賛同してくださって、協力してくださいます。

弘前イスキアの看板もつくってもらったので、森のイスキアができたときも境さんにお願いしました。昨今はたいてい機械で彫るそうですが、イスキアの看板は、字のまわりを彫って浮き出し文字にしているんですね。それはたいへんむずかしくて、めんどうなことなんですよ。私が用意したのはヒバの自然木なのですが、ヒバは木目がマチマチで、節が多くてかたいから、彫刻するのになおさら骨が折れたようです。

実は、森のイスキアの名づけ親は境さんなんですよ。最初、私は〝マウント・イスキア〟にしようと思っていたんですけど、長すぎて看板に入りきらないって。それで、境さんが「森のイスキアにしたら?」と代替案を出してくれて、今の名前に落ち着きました。マウント・イスキアより、ずっといいですね(笑)。

訪れた人が帰るときに鳴らされるイスキアの鐘には、どんないわれがあるのですか?

森のイスキアでは、お客さまがお帰りになるとき、鐘を鳴らしています。どうかお元気でまたお目にかかれますように——、そんな思いを鐘の音の余韻《よいん》に託して、お見送りしています。

私は、小学校に上がる前に聞いた鐘の音に誘われるように、信仰の道を歩んできました。ですから、森のイスキアができたときも、この岩木山の麓の小さな森から、美しい鐘の音を響かせることができたら、どんなにか素晴らしいでしょうという思いがありました。この夢を森のイスキアの土地を提供してくださった方にお話ししたところ、何人かの仲間と一緒に、鐘をつくるために動き始めてくださったのです。

最初は、鐘を発注しようとしていましたが、出来上がってみないとどんな鐘の音かわからないから、ヨーロッパなどの古い教会で使われなくなった鐘を探すのがよいだろうということになりました。それでみなさん、海外旅行に出かけるたびに気にかけて探してくださったのですが、なかなかみつかりません。それでも急ぐことなく、祈りながら待っていましたら、思いがけず念願の鐘を与えられることになりました。

当時、私は自分の思いとまったく違うことが活字になったことで、こころを痛めていました。それを知った私の友人で、アメリカのコネチカット州ベツレヘムにあるレジナ・ラウデス修道院と縁の深い方が、あちらの院長さまに電話で事情を話して、みんなでお祈りしてあげてくださいとお願いしてくれたんですね。そのとき、私が鐘を欲しがっているということもお話しされたんだそうです。二日後、院長さまから、「うちの鐘を贈りましょう」というファックスが入りまして、それから十日あまりで、弘前の自宅に鐘が届いたのでした。

一刻も早く見たいのですが、厚さ三センチもある木の板が何重にも組み合わさった梱包《こんぽう》で、ねじ釘《くぎ》が打ち込まれており、私だけの力ではとても開けられるように見えません。それでもどうしても早く会いたくて、夕食をすませ、心を落ち着けてから、一本一本ねじ回しで抜いていったんです。七十六本の釘をすべて抜き終わったときは、すでに明け方近くになっていました。電動工具で抜けばすぐだったのに、とあとから言われましたが、一本一本自分の手で抜いてよかったと思ってます。ねじ釘と木箱は今も大事に保管しています。

鐘は、丁寧に丁寧に毛布にくるまれて、まるで赤子のようでした。メキシコの独立にたいへん献身なさった神父さまが、独立が叶ったときにメキシコに教会を建てて、鋳造したという由緒ある鐘で、メキシコの独立戦争が始まった年号である１８１０という数字と、マリアさまが刻まれています。メキシコの教会が火事になって、レジナ・ラウデス修道院に移されたのですが、そのような立派な鐘が、巡り巡って私たちに与えられたということは奇跡のようにも、神さまからの励ましのようにも思えました。

『地球交響曲　第二番』の最後に、「その鐘を打つ者は誰《た》れぞ　そは汝《なんじ》なりき」の字幕が流れますが、これは監督の言葉です。試写で初めてその言葉を目にしたときは、感動で心が震えました。「その鐘を打つのは誰でもない、あなたなんですよ」というメッセージが込められたこの言葉は、いつも胸の中にしっかりと刻みつけています。

二〇〇九年十月には、前庭に念願の鐘楼《しようろう》が完成しました。それまでは、二階から鐘を打たなければならず、みなさんを見下ろす形で送り出すことがずっと気になっていたのです。鐘楼は藤木先生の設計によるもので、九メートルもの高さがあるのですが、鐘から長ーいロープをおろして、みなさんと同じ場所に立って鐘を鳴らし、お見送りできるようになりました。

鐘楼完成の祝別式には、全国から百名以上の人たちがお祝いに駆けつけてくれたんですよ。祝辞をくださった方のおひとり、今井則三さんは、再起不能といわれた怪我《けが》を克服して、難病を抱える人の自助グループ〈まるめろの会〉をつくられた方です。「大きな怪我を乗り越えて活動をして、ご立派ですね」と感心したら、「いやいや、私はあなたのあの鐘を鳴らしているんですよ」とおっしゃっていました。今井さんのように、おひとりおひとりが希望の鐘を鳴らしてくださることを祈っています。

——私も森のイスキアのお手伝いをさせていただけますか?

お気持ちはありがたいのですが、建物も小さいですし、なんとかまにあっておりますので、スタッフの募集はしておりません。スタッフは義理の妹、弟、息子の妻など身内のほかに、同じ教会の信者さん、女学校の同窓生、老人ホームで働いていた人などさまざまで、そのほとんどが地元で主婦をしている五十代から七十代の女性たちです。お料理に腕をふるってくれたり、お客さまのおもてなし、お掃除、車の運転、宿泊や取材申し込みの管理や、電話の応対など、みんなで協力して手伝ってくれます。自分の畑で採れた新鮮な野菜を届けてくれる地元の農家の方もいます。人生の試練の時期にイスキアを訪れて、立ち直って新しい人生を歩んでいる人たちも、さまざまな形でサポートをしてくださっています。

イスキアのような活動をしたいとおっしゃる方もたくさんいらっしゃいますね。お話をいろいろ聞きますが、私がやめなさいってことでもないし、ぜひやってみなさいとも言えません。そのときが来たら、自然に始められるのではないでしょうか。

私の場合は、必要に迫られて建物を建てたという感じですけれども、まず建物を建てて形から入る人もいます。ある人は、総檜《そうひのき》の立派な建物を建てて準備万端整えたけれども、いざ活動しようと思ったら、誰も来なかった。その立派な建物は、結局、空き家になっているそうです。

なにかをしたいという思いに駆られると、外へ外へとなにかを求めて、いちばん大切な足元のことがおろそかになりがちです。大切なものは、実は身近にあります。普段の生活の中から生まれた活動でなければ、なかなかむずかしいのではないかと思います。人のためになにかをするということは、どこかに出かけていかなければできないことではありません。家庭の中でも、仕事の中でも、意識さえしていれば、どこでもいつでもできることではないでしょうか。

――イスキアには支部のようなものがあるのですか?

支部はありません。ですが、森のイスキアを訪れて元気になった方たちや、『地球

交響曲　第二番』を観て気づきを得た方たちが、それぞれの場所で自主上映や講演会などを主宰して活動をなさっています。北海道の〈雪のイスキア〉、宮城の〈仙台イスキア〉、東京の〈小さな森　東京〉、神奈川の〈森のこもれび〉、沖縄の〈海のイスキア〉、サンフランシスコ、ベルギーなど国内外に活動が広がっています。

主宰者の中には、突然肉親をなくされたり、仕事で大きな苦しみにあったり、深い悲しみや重い苦しみを乗り越えてご自身の生活を変革し、奉仕につとめていらっしゃる方も多いです。そのような輪が、それぞれの場で世代を超えて広がっているのをうれしく見守っています。

――イスキアの建物の前にある大きな石には、なにか大切な意味があるのでしょうか？

森のイスキアが十周年を迎えたとき、なにか記念になるようなことをしたいと考えていて、ふと〝石を置きたい〟と思ったんですね。どんな石がいいかというのはわからなくて、ただ石が欲しかった。なぜかというと聖書の中の「家を建てる者の捨てた石、これが隅《すみ》の親石となった」という言葉が好きだったんですよ。隅の親石というのは、家の土台を支える要石《かなめいし》のこと。捨てられた石というのはキリストのことです。迫害を受け十字架に架けられるという形で捨てられたけれども、キリストの信仰はこのように続いているというような意味です。

私はイスキアの活動を始めてから、大きな苦しみを抱えていました。べつに教会をさしおいて活動しているわけではないのですが、人の集まりが多くなってくるといろんな見方をされることもあって。教会全体ではないけれど、一部からはあまりよく思われていなかったんです。そのことがたいへんつらくて、捨てられた石のような気持ちだったので、「捨てた石が隅の親石になった」という言葉に希望を持ちたかったの。そんなとき、司教さまが「苦しみなくして刷新《さつしん》ははかれない。苦しみを乗り越えたときに、刷新は訪れる。今、あなたは刷新をはかっているんだから、がんばってください」と励ましてくださって、とても慰められました。

訪ねてくる人が増えると、ミサに行くこともままならなくなりました。今、目の前に苦しんでいる人がいるのに、教会に行く日ですからと、その人を放っては行けません。それでも、信者としては、後ろめたい気持ちをぬぐえないでいました。ある神父さまにそのことを伝えたら、「いいんだ、いいんだ。あなたは実践してくれているから」と言ってくださった。それからはとても自由な気持ちで歩かせてもらいました。その神父さまがカナダに帰国することになって、最後のミサのときに、「これからは教会の中にだけいてはダメですよ。佐藤さんのようにみなさんもやっていってください」とみんなの前でおっしゃってくれたことは、本当にありがたかったですね。

森のイスキアができたときは、建物を教会に差し上げて、一緒に活動していきたかったけれども、それは叶いませんでした。でも今になってみればよかったと思います。そうなったから、私がやっていかなくてはいけないとはっきり思ったのですから。

私が石を求めていることを知ると、いろんな方が石を寄付したいと申し出てくださいました。でも、どんな形がよいのか、大きいのがいいのか小さいのがいいのか全然わからなくて、そのままになっていたんですよ。

あるとき、地元青森の彫刻家・鈴木正治《まさはる》先生との出あいがあって、石のことを相談してみたら、「あそこにはただの石ではだめだ、岩木山の石でないとダメなんだよ」とおっしゃって。そう言われてもどういう石かわからないから、やっぱりそのままになっていました。

一～二年くらい経って、鈴木先生が森のイスキアにお泊まりになって、散歩に出かけたんですよ。ところがすぐに帰ってきて、「ここの石がみつかったよ。岩木山にそっくりなんだよ」と言うんです。すぐそこだと言うので、半信半疑でついて行ってみると、イスキアから歩いて五分ほどの道端に、あの石がただ置かれてあったの。その石は高さ二メートルほどで、見上げると、なるほど岩木山の稜線《りょうせん》にそっくりです。私は十年もその道を通って歩いていたのに、その石が見えていなかったわけです。

土地を所有している会社のご厚意で、石は譲っていただくことになりました。聞けば、五百年前に岩木山が噴火したとき飛んできた石で、そこに野球場をつくるので、邪魔になって道路脇に避《よ》けて置かれていたんだそうです。〝イスキアの活動がみなさんのこころの礎《いしずえ》になりますように〟、そんな祈りを込めて入り口近くに設置しましたら、岩木山と重なって、見事に同じ形になりました。不思議ってば不思議ですね。

龍村監督は、「木の樹齢は何千年といわれるけれども、石は宇宙とともにある。だから、この石はずっとここにあるよ」とおっしゃってくださいました。

――イスキアにはダライ・ラマから贈られた胡桃の木があるそうですが、どのようなご縁があるのですか？

ある年、ダライ・ラマが、世界三十カ国の人を招いて、子孫三世代が飢餓で苦しまないようにと、木の実に祈りを捧げました。そして、「これが実ってもあなたたちは食べてはいけませんよ」とおっしゃってから、集まった各国の人びとにその木の実をプレゼントしました。

日本の人がもらってきたのは胡桃の実でした。袋に入った五十個の胡桃をもらって帰国し、植えてみたら三十六個が芽を出しました。苗木になったので、それを自分ひとりで持っていてはいけないから、誰かに分けてあげようと思ったけれど、誰にあげていいのかわからなかったそうです。その人はダライ・ラマの活動をずっと支援している方で、おこころをたいへん忠実に考えて、苗木の行く先を心配していたのです。そんなとき、『地球交響曲　第二番』を観て、「ここだ！」と思ったそうです。龍村監督を通じて、私のところに話が来ました。

「何本くらいほしいですか？」と訊かれたので、みんなに分けてあげようと思い「十本くらいほしい」と希望すると、全部が助かるとは限らないからと十一本くれました。みんなに分けたのですが、残念なことにどれも育たなかったようです。うちは三本もらって、一本はダメでしたが、あとの二本は元気に育っています。

小さな森の修景のときに、陽当たりのよい前庭に移したのですが、この胡桃の移植がいちばんたいへんだったようです。現場で植樹作業の指揮をとってくれた兵藤さんが、土壌条件を念入りに調べて、慎重に時期を選んで移植して、雪が降る前には一本一本丁寧に雪囲いをしてくださってね。

兵藤さんは積雪のため森のイスキアがお休みしている間にも、心配してわざわざ山まで見に行ってくれて。修景した年は積雪量が多かったので、五メートルはあるハルニレの木の頭くらいまで雪が積もっていたそうです。

積雪量が多い分、春に融け出す雪も半端な量ではありません。木の下枝が融け出した雪に引っ張られて、放っておくと幹まで裂けることがあるんですって。それも兵藤さんが何度か山まで様子を見に行ってお世話してくれたようなんですけど、そういうことは全部あとで他の人から聞いたことです。いつもなんにもおっしゃらないで、ただ黙々と作業をなさる。そんな寡黙《かもく》な兵藤さんが、弟の三男《みつお》に「小さな森は自分が責任をもってみていきます」とおっしゃってくださったと聞き、感謝で胸がいっぱいになりました。

小さな森には自然と人との在り方も考えさせられます。移植した木は人の支えがないとダメになるそうですが、過保護に守る必要はなくて、必要最小限の基本的なケアをすれば、自然が形をつくってくれるのだそうです。兵藤さんは、「雪がだーっと降って、ある程度枝が折れたことで、人工的な感じがなくなって自然の姿に近づいてきました。だから、枝が折れるのも悪いことじゃないんです」とおっしゃっていましたが、人を育てることにも通じるものがあるなあとしみじみ感じ入りました。

　兵藤さんや夫婦で定期的に草を刈ってくれるスタッフなど、さまざまな人の奉仕のおかげで、移植した木も、新たに植樹したものも、年々驚くほど成長しています。せっかく修景してもらっても、植えっぱなしで粗末にしていたらそうはいかない、みなさんの奉仕のこころに木々もこたえてくれているのだろうなと、感謝のこころで見ております。ダライ・ラマの胡桃の木も、いつかきっと立派な実をつけることでしょう。

2 人づきあいの悩み——受け入れる

受け入れて、受け入れられて、
ともに生き、生かされることで、
みんなが幸福にむかうのではないでしょうか。

――人と接するときに、気をつけていることはありますか。

初めてお会いする方にも、緊張しないでお迎えしたいと思っています。こちらが緊張すると、相手の方も緊張してしまいますから。いいところをみせようとすると、緊張してしまって、間違ったことが伝わってしまうことがあります。ですから、なにも考えないでいつも通り、自然なままでお会いするようにしています。すると、話もたいへんよく進んでいきます。

――人の話をきくときに、注意していることは?　病んだり、悩んでいる人の話をきくと、感情移入をしてつらくなったり、いやになることはないですか。

相手の話されることは、とにかく自分の考えをなくして聴きたいと思うんですね。

最初は人の非難ばかり話されることもありますが、〝それは間違ってるんでないの〟というような気持ちを持ったり、「そういうときはこうすればいいんでないですか」と口をはさんだりといったことなしに、その人のつらい思いに寄り添うようにして、そのままを聴くようにしております。

私は、その人を治してあげようとは思っていません。なんとかしてあげようと思うとつらくなるし、それはおこがましいことだとも思うの。人のこころはとても深くて、そんなに簡単に理解することはできないと思うので、受けとめるだけにしたいと思っています。教えたり、諭したりでなく、どこまでも共感しながら、相手の気持ちを素直に受けとめる。その人が話されないことは質問もしません。また、自分の体験でいちばん近いものを合わせながら、自分に置き換えて聴くようにしています。

その人がじゅうぶん話しましたというところまで聴いたら、自分で感じた言葉をひとことだけあっさりと言います。すると、たいへん素直に、「そうですね、自分にも足りない点がありました」というように自分を見つめ直し、「このようにしていきます」とちゃんとご自分でおまとめになるんですよ。そして元気になって帰って行かれます。何年もかかる人もいるけれど、みんな少しずつ変わっていきます。

――どうして見ず知らずの人を信じることができるのですか？

どなたにも、ひとりひとりに神さまが宿っていると考えているからでしょうね。夜中にチャイムが鳴ると、誰だろう、なぜこんな時間に訪ねてくるんだろう、とたいへんに葛藤《かっとう》があるんですよ。とにかく身づくろいをして玄関に立つけれども、開けていいんだろうか……と強い葛藤があります。

だけど、もし、私の中に神さまがいらっしゃるなら、きっとドアを開けるでしょうし、ドアの向こうにいる人の中にも神さまがいらっしゃる、そう思って鍵を開けるのです。旅人に一夜の宿を貸してもてなすことが修道院の始まりと聞きますが、そこには、訪れる人をキリストとして迎えるという精神があります。私も、愛をもって人を受け入れていきたいと思っています。

――自分の中の「神」をどんなふうに見つければよいのでしょうか。

感謝のこころだと思います。感謝がなければ、前に進んでいかないですから。感謝のこころでいればわかると思います。

他人の神さまと自分の神さまと、別々に考えないことですよ。〝自分の神さまは自分の中、他人の神さまは他人の中〟と分けてしまうと、〝相手の神さまはどうしているだろう〟と考えて、神さま同士、複雑になるでしょ（笑）。私はつらいとき、苦しいとき、〝神さま、見ていてください。神さまはみんなご存知ですね〟と考えます。するとこころが穏やかになって、耐える力が出てきます。神さまは、必ずお返事をくださると信じています。

――ずっと苦しんでいる知人がいます。見方を少し変えればきっと楽になれると思うのですが、うまく伝えられません。

自分の考えを入れると、その人の考えと一致しないことが多いですから、とにかく受けることが大事です。自分の考えをなくして、その人が言うそのままを、その通りに受けとること。相手にそれが伝われば、こころを開いてくれると思います。

日頃からこころを通わせておくと、いつかその方が助けを求めてくるかもしれませんので、そのときにその人が求めるようにしてあげることですね。気の毒だからなにかしてあげようと思ってやっても、その人に受ける気持ちがないときだと、やっぱり受け入れてくれません。こころを通わせておいて、相手が求めたときにこたえてあげたらいいと思います。

初女さんは「面倒くさい」という言葉が嫌いだとおっしゃいますが、その一言で話を終わらせる人には
どう対応したらいいですか？

面倒くさいで終わらせる人は、言葉で説明しても、素直に受けないことが多いと思

うので、自分が面倒くさいことをしてみせてはいかがでしょう。面倒くさいことをやった、その結果がいいことだというのを見せることだと思いますよ。

――どうしても好きになれない人、合わない人はいませんか？　そのような人とつきあわなければいけないとき、どうしますか？

とにかく私は受け入れて、自分の考えを入れずに、まずはその人の話をよく聴くことにしています。葛藤は始終あります。でも、そのように感じてはいけないとは思いません。自分の感情を抑えつけてしまうと、どこかにひずみが出るものです。もちろん、自分が嫌だと感じたままを外にあらわしたり、相手にそれを感じさせるようであってはダメだと思うんですよ。だから、自分の中でいろいろ葛藤したり、苦しんだりしています。

だけどね、〝ああ、この人嫌だ〟と思うでしょ、ところがつきあってみると、実際はそうでない場合って多いんです。また、人はなにかのきっかけで大きく変わることもよくあります。どんな人でも、良くなりたいと思っているし、弱さゆえに美点が隠れていることもある。これまでの経験で、自分の観念だけで人を見るものではないということは、重々感じています。

〝苦手だから嫌〟〝許せないからもういい〟と切ってしまえば、それまでですしね。言葉でわかりあおうとするよりも、一緒においしいものを食べる機会を持つといいと思いますよ。お互いにこころが和んでいくきっかけになるんではないかと思います。

初女さんは腹を立てることはないようにお見受けしますが、もしあるとすれば、どんなことに怒りを覚えますか？
そして、それをどのように解消なさっていますか？

私も、イライラしたり、腹を立てたりしますよ。常に繰り返しやっております。とくに、人を傷つけるような行動を見たり、言葉を聞いたりすると、なぜそんなことをするのだろうと、怒りが出てきます。とっても嫌ですね。

だけど、その場で注意しても、その人は受け入れることができないと思います。ですから、そういうときは、自分の感情を受けとめるしかないんですね。あまり複雑に考えないで、感情をそのまま受けとることにしています。感じることは、正直に感じたほうがいいと思うんですよ。腹が立つ裏には、良くなってほしいという思いがあって、それは相手が変われると信じているからこそ出てくる〝祈り〟です。だから、私は人一倍腹を立てるの。立てて、立てて、煮えくり返るくらい。ただし、相手やまわりの人にその感情をぶつけたりすることはしたくないので、自分の中でとことん苦しむことにしております。腹を立てている自分を見つめることもせず、相手に原因を探しても、なんの解決にもなりません。

好きなことをして、そこから抜け出す努力もします。料理とか、裁縫とか、手を使うことをしていると、そこに集中して、だんだん気持ちがおさまってきます。あとは、好きなものでもちょっとつまんだりしているうちに、時間とともにだんだん怒りも薄らいできます。

自分の意見を言うのが苦手で、人の意見に流されがち。どうしたら、その場、その場で自分の思いをはっきり言えるのでしょう？

私は言いたい人には言いたいだけ言ってもらって、そのあと落ち着いて自分のことを話すようにしたいと思っています。たとえ自分の意見と違っても、それはそのままにして、いいとか悪いとか口をはさまないんです。一緒に話してしまうと、こっちも興奮するし、相手も興奮するから、言いたい人には言ってもらって、自分もそれを受けて、今度は自分の意見を言う。それは心がけています。意見が合わない場合は、自分でこれと思えば、自分の考えで進んでいきます。人を受け入れるということは、迎合することではありません。

私は謝るのが苦手です。自分に非があるとわかっていても、素直にごめんなさいと言えません。どうしたらいいでしょう？

私は悪いと思えばすぐに謝るの。というのも、私は素直というのがたいへん好きなのです。本にサインをするとき、必ず一筆書き添えるのですが、ある本には「素直に明るく感謝の心」と書き添えます。それぐらい素直ということを求めます。

素直になれないのは、自分の理屈が入ってしまうからです。先入観を持たないで、気持ちをさらにして、相手の言うことを受けとめていれば、自分が悪いと思ったときには、自然に「ごめんなさい」のひとことが出てくると思いますよ。

――人は心の底から人を許せるものでしょうか。私自身は、許したつもりでもできていないことが多い気がします。

考えてできることではなくて、自然にできることだと思いますね。

この方も〝許したつもりでもできていない〟と自分で気づいているのですから、半分以上はうまくいっていると思います。

――心を尽くしても、誤解がとけないとき初女さんなら、どうしますか？

私は、自分の気持ちをわからせようとはしません。相手に受けとめる気持ちがないときに、なにを言っても通じません。けれども私には、自分がこの道こそはと信じて進んでいれば、必ずいつか通じるという希望があるんですよ。実際、そういうことはたくさん経験しております。

真実に生きていれば、必ずおこたえは出ると思っています。

――ひとりの時間がとても好きです。自分以外の人を受け入れて生きていくことは必要なことでしょうか。

できなければ無理しないことですね。無理すると、反対の結果になりますから。受け入れることは大事ですが、無理してしなければならないということではありません。

自然になさったらいいと思います。

親友だと思っていた人とけんか別れしてから、心から信頼できる親しい友達はいません。三十代になった今、大人になってから本当の友達をつくるのって難しいなあ、と実感しています。

今の時代、こういう悩みは多いんじゃないかしら。友達がいないとよく聞きますよ。小学生くらいの小さい子たちでも、ふたりならいいけど、多くなると友達になれない、遊べないと言いますね。昔は何人でもみんな一緒に遊べたもんだけど。今はそうではないようです。仲のいいお友達がいなければ、遠足にも行かない。クラス編成に気を配っても、なかなかうまくいかないそうです。今の人たちの人間関係をみていると、相手に嫌われたくない、ぶつかりあって傷つきたくないという思いが垣間《かいまみ》見られます。その根底には、相手のことを信じられないという気持ちがあるのかもしれません。

私の年齢になると、友達もずいぶん亡くなっているので、今でもつきあいのある人は小学校の同窓生が三人くらい、女学校の同窓生が三人くらい。離れているから頻繁《ひんぱん》には会えないけれど、交流はしていますよ。私はりんごを贈る。北海道の人からは海産物が届くという具合に。文通もしています。何十年にもなるわねって。七十何年ですもんね。なかなか会うことはかないませんが、それでもずうーっと通じ合って、お互いの支えになっています。

大人になっても、こころが通じ合える人はすぐわかります。表面を見て感じるのか、なにか通じることがあって感じるのかわかりませんが、とにかくみんな続いてます。けんか別れをするようなこともありません。通じ合えると感じたら、その人との間になにか問題が起きても、最初に感じた気持ちを信じます。それでも、相手がそう感じていない場合は去っていくでしょう。それはそれで仕方のないことですが、私からは、そう感じた以上は切り離さないですね。関係を切りたいと思うこともない。いったん去っていっても、信じていれば、また新たに出あい直すチャンスが巡ってくるものです。相談でみえた人でも、そちらが去っていかない限りは、私からは切り離さない。いつでも以前と同じように接します。信じるということは、あたりまえのことで、なにも特別なことではありません。

とても世話好きな人がいるのですが、感謝されないと相手のことを悪く言ったりします。親切でやることなら、見返りを期待するのはおかしいと思うのですが……。

自分が良かれと思って誘ったり、勧めたりしても、相手の人がその気でないときだと、よけいなおせっかいになるんですね。

ある人のだんなさんが入院したんですけど、ちょうど同じとき、彼女のお友達も同じ病院に入院したんですよ。それで、だんなさんが読み終わった週刊誌をお友達にあげたんですって。そのときは受けとってくれたそうなんですが、次にあげようとしたら、「まだからだが本を読むところまでいかないから、これでじゅうぶんです」と断られた。その人はたいへん気分を悪くして、腹を立てていたんですけど、それはその時期でないときに、お勧めしたということですよね。やはり、普段からずっとこころを通わせておいて、〝あ、いいんじゃないか〟というときにお勧めすることが大切だと思います。

本当の奉仕とは、自分のいいと思うことをするのではなくて、相手が望んでいることを自分で感じ、チャンスをみてさりげなく差し出すことだと思うんです。それはたとえるなら、道端に置いて通り過ぎるようなもの。振り返りもしないで。振り返るということは、なにかを求めているということになります。ですから、置いたまますりげなく通り過ぎるということを、いつも考えています。

それでも、自分がやったことの結果を確認したいという気持ちが働いて、つい相手に訊いてしまいたくなるんですよ。「あれどうだった?」って。そういうことを何回も繰り返してきているので、今は、〝訊かない、訊かない〟とこころで思って、そのようにしています。

「無意識にやったことが人の心を動かす」

――どうしてこのような考えに至ったのですか?

これをやったら喜ばれるだろうか、と思ってやったときはさほど喜ばれなくて、自分でも忘れるようなことが、案外大きく人のこころに響く――。

そう考えるようになったのは、終戦後まもないころの出来事がきっかけです。当時はなんにもなくて本当に不自由だったんですよ。子どもが小学校に入学するといっても、草履袋《ぞうりぶくろ》とか筆入れ、そんな小さい物も買えない家があってね。私も大きなことはできないけれど、たいへん親しくしているおうちに、ちょっとしたものを買ってあげたんです。そんなことは、すっかり忘れていたんですが、その子が四十近くになったとき、「あのときはうれしかった」とお礼を言ってくれたの。

「遊びに行ったら、お風呂も入れてくれて、お風呂上がりに飲ませてもらったコーヒー牛乳がおいしかった、ありがとう」って。そのとき思ったんです。さりげなく日々暮らしている中で、どのことがどの人に通じているかというのは、私たちにはわからないことなんですね。ですから、すべてに対して心遣いをして生活することだと思います。

―どうしたら初女さんのように人を癒せますか？

「癒されました」と言われると、たいへんありがたく思います。ただ、私は人が人を癒すということは、できないと思っているんですよ。人のこころというのはなかなか深いものだから、まわりの人が癒せることではない、本人が気づきを通して、自ら変わらない限り、癒されることはないと思うんです。だから癒そうなどとは考えずに、ただそのままを受け入れるようにしています。

―みんなで幸福になるにはどうしたらいいでしょうか？

お互いに受け入れることでないでしょうか。人は、受け入れられると安心して相手を信頼するものです。そして、受け入れるためには、先入観を持たないことです。私は、前にどんなことがあったとしても、その人の今を見たいと思っています。

受け入れて、受け入れられて、ともに生き、生かされることで、みんなが幸福にむかうのではないでしょうか。

3 食の迷い――いのちのうつしかえ

食材を大事にしながらつくる、
その気持ちがイライラも和らげてくれます。
食べものを大事にする人は、人をも大事にします。

仕事が忙しく、疲れてしまい、毎日の食事の支度が億劫《おつくう》です。

毎日、そのつど食べるものをつくるのはたいへんむずかしいものです。食事のたびに、まったく初めからとなると、こころも焦ってくるし、第一、自分もおなかがすいてきますから、つくり方が粗末になったり、支度すること自体が億劫になってくる。ですから、ちょっとの時間を利用して、日持ちのするようなお総菜を準備しておくことをお勧めします。

昆布《こぶ》を煮て佃煮《つくだに》にするとか、豆を煮ておくとか、なにか保存できるつくりおきのものがあるといいですよ。私も日持ちのよいタラの煮つけなど、よくつくっておきます。冷蔵庫の中に、いつも三品くらい常備食をストックしておくと慌てずにすみますね。それをちょっとつまんだりしながら、気持ちを落ち着けて取り組んでみてください。忙しいときほど、焦らずに。

毎日の疲れやイライラが、料理に出てしまいます。心を鎮めるためやおいしくするためのおまじないや言葉などはありますか。

おまじないや言葉などはありませんが、いつも自分の気持ちを落ち着けて、静かにつくるように意識しています。食材を大事にしながら調理する、その気持ちがイライラも和らげてくれます。食べものを大事にする人は、人をも大事にします。

子どもにからだにいいものを食べさせたいと考え、生協に入りましたが、やはり毎日の料理が億劫です。疲れているとつい半調理品ですませたり。どうしたら料理が好きになれるでしょう?日々悩んでいるダメ母です。

ダメ母と思わないで、いい母親と考えてやればいいんじゃないでしょうか。ごちそうをつくる必要はなくて、簡単なものでいいので丁寧においしくつくることを心掛けたらいいと思います。おいしくできると自然にまた次のものがつくりたくなります。だからとにかく調理することですね。

つくることを重ねる中で喜びを感じるようになりますので、自分で調理しながら、そこでなにかを感じて実践していくことではないかと思います。億劫だと思えばどこまでも億劫になります。

――最近、〝食育〟が注目されて、いろいろな試みがされていますが、どう思われますか？

今は親子が仲よくなるようにといろいろなことを企画しますね。そういうイベントに参加なさるのもいいんですけど、家庭で毎日の食事のときに、一緒につくって、一緒に食べることをすれば、自然に食育になると思います。

三十代半ばのお父さんが子どもと一緒に、七輪《しちりん》で火をおこすところからやったら、意思の疎通がとってもうまくいったと喜んでいましたけど、食べることを一緒にやることくらい、こころが通じることはほかにないんですよ。

食べることを通しての教えは、いちばん自然に子どものこころに入っていきます。食べもののことをやっていると、おなかがすいてくるから、ますます一生懸命やるんですよ。やりたくないことをやるんではないので、自分から動くようになります。切り方でもこういうふうに切るんだよと教えると、本当に真剣に教えられた通りきちっとやります。おいしくできると、またつくりたくなるし、子どもも成長してるから、「この間のと味が違うね」なんて言うようになってくるんですよ。どうしたんだろうね、あのときこうすればよかったのかなとまた考えたりして。そういうふうにして得たことは、生き方すべてに通じてきます。

娘は食べるのがとてもゆっくりです。残さず食べたい、という思いは大切と思いますが、給食の時間内に食べなくてはならないことを、とても苦痛に感じているようです。どんな言葉をかければいいでしょう。

これは私が体験しているんですよ。小学校でも、クラスでいちばん食べるのが遅いわけ。みんなはさっさと食べ終わって、さーっと運動場に行って遊んでる。みんなが帰ってくるころに、私は食べ終わるんですよ。

今でも食べるとき人より遅れるんです。急いで食べることは、とってもできない。ゆっくり楽しく食べたいんですよ。ごはんを食べ終わってすぐ、サッと立って食器を洗うというのも、落ち着かなくて嫌ですね。そういえば私、みんなで食べるときに、いつも「ゆっくり楽しく食べようね」って言ってるんです。よっぽど、そのことが気になっているんでしょうね。

このお嬢さんもそうだと思いますよ。「急いで食べなさい」と言われると、なかなか食べられなくなってくるんです。遅く食べるからいけないってことでなく、自分は精一杯食べてもこのペースだと受けとめたら楽になると思います。ですから、それを悪いことに思わないように娘さんに伝えたらいいんでないでしょうか。

――子どもとかかわる仕事をしています。食の細い子、いやいや食べる子がいます。その子たちの心の中はどうなっているのでしょう?

こういう場合はあんまり勧めると、子どもさんの負担になって嫌になるんですね。いやいや食べるというのは、それこそ、おいしくつくれているのでしょうか? 特別な働きかけをしなくても、みんなでおいしそうに食べていると、誰しも食べたくなってくるんですよ。イスキアでは、お子さんでも、好き嫌いのある人でも、摂食障害の人でも、みんなと同じものをお出しするんですよ。ちゃぶ台を囲んで、大皿で回してね。「いらない」と言ったら、無理にお勧めしないで、「ああ、そうなの」ってほうっておくんです。それでも、まわりの人がおいしそうに食べてるのを見ると、たいてい箸を伸ばしてきますよ。ある拒食症の人は、ほかの人が食べ終わって部屋に戻ってから、こっそり私のところに来て、「さっきのおむすびください」って、二つも食べましたよ(笑)。

人のこころの中は誰にもわかりません。どうなっているのかと考えたりしないで、自然に接するのがいいと思います。

——親しい友人に拒食症の人がいます。食べることの大切さを伝えて治ってもらいたいと思いますが、よい方法が思いつきません。


あるとき、拒食症の娘さんがお母さんに連れられて、イスキアに訪ねてきたんです。お母さんとも口をきかないで、必要最小限のことだけ筆談でやりとりしてるの。だけど晩ごはんに、娘さんの好物の人参の白和《しらあ》えをお出ししたら、なんにもしゃべらなかった娘さんが、「おいしいおいしい」って食べたんですよ。そして、「これ、どうやってつくるんですか」と訊くので、「明日の朝、一緒につくりましょう」って誘ったら、「はい」ってこたえたんですね。

翌日の早朝、娘さんはちゃんとエプロンをつけて、ノートを持って台所に現れました。それで一緒につくって食べたんですけど、それをきっかけに、ごはんが食べられるようになったの。

その方に限らず、私が触れ合った人たちは、何年かあとに会うとたいてい治っていますよ。ご本人も治りたいと思っているのだから、あんまり周囲が神経を遣わないほうがいいと思います。まわりが気を遣っているのがその人に伝わると、ますますコンプレックスを持ってしまうんですね。まわりの人は、こころを通わせながら、けれど、心配している様子をみせたり、励ましの言葉などは、あまりかけないで、普通に接しているほうがいいんでないかと思います。

食べることに悩み苦しんで生活しています。吐いてしまうこともあります。結婚していますが、子どもを産み母になることは許されない気がします。こんな私でも母になることができますか?

これは克服できますよ。子どもを産み母になることが許されないなんてことは、決してありません。子どもを産み、育てることによって、自分もまた育てられます。できないというのではなく、必ずできますという強い気持ちを持ってほしいですね。

――家族が添加物の多い菓子などを買って食べるのが悩みです。伝えてもわかってもらえません。どうしたらいいでしょうか。

添加物の入ったお菓子よりも、おいしいものをつくってあげてはどうでしょうか。

――田舎の新鮮な野菜とくらべると、都会のスーパーで売られている野菜は、鮮度も落ちるし味が薄いと思います。高くても、自然栽培の野菜などを取り寄せたりしたほうがいいのでしょうか。

森のイスキアに来た方で、「初女さんのような生活は自然の中でなければ求められないと思っていたけど、そうではないことに気づきました」と言った人がいましたが、どこにいても、限られた食材でも、工夫次第でおいしくつくることはできると思いますよ。丁寧にこころを込めてつくることです。

自然栽培の野菜はおいしいですけれど、取り寄せるかどうかは、ご自分のお財布と相談なさって、お決めになったらいかがでしょうか。無理をすることではないと思います。自然食にこだわっている方の中には、どこどこ産のものだとか、そういうこだわりが強くなりすぎてしまう人も多いようです。「からだにいいから食べなさい」と勧められるのですが、頭でっかちな人がつくった料理っておいしくないんですよ(笑)。せっかくの食材がかわいそうだなあと思うことがよくあります。食に対して理屈から入る人は、人に対しても、肩書きなどを求める気がしますね。お金がないからおいしいものがつくれないということもないですよ。自分の経済にあわせて、工夫しておいしくつくることを大事にしてください。

息子たちが高校生になり、家族そろって食卓を囲むことが減りました。たまにそろっても、男たちはテレビばかりみて会話もありません。

食卓を丸いテーブルにしてみてはどうでしょう。丸い食卓を囲んで、手づくりの料理をみんなで分けあって食べていると、自然に会話が始まり、家族の和ができてくると思います。

私の育った家では、ちゃぶ台を囲んで、家族みんな袖をすりあわせながら食事をしていました。きょうだいが七人もいたので、それはにぎやかでした。丸くなって座ると、お互いの顔も見えるし、話題もみんなで共有できます。仲よしの日もあれば、けんかする日もありますが、家族がそれぞれの一日のできごとを、みんなでわかちあっていました。大皿に盛った料理を取り回して食べるので、きれいに端から取っていくという作法や人に対する気遣いも、自然に身につきました。その経験が強く残っていたので、森のイスキアにもぜひ大きな丸いテーブルを置きたいと思い、青森ひば民芸家具をつくっている伊藤健吉さんにちゃぶ台をお願いしました。突然、お客さまが増えても少しずつ詰めてもらえば座れます。お料理は大皿に盛られていますから、みんなでわかちあって食べればいいんです。会ったばかりの方同士でもすぐに打ち解けて仲よくなりますよ。

仕事柄、出張も多く、夫とすれ違いの多い生活です。私がいないときは、弁当や外食で適当に食事をすませていて、特に文句もいわれませんが、なんとなく負い目を感じます。

以前、染色の仕事で忙しく飛び回っていたころは、とにかく夫のおなかをすかせないように気をつけていました。どこへ出るときも、食べものだけはちゃんとつくって、手づくりのものを絶やさないで、だから夫との関係がもったと思うんですよ。

一緒に染色をやっていた向かいの奥さんと、協力し合っていたのもよかったんです。私が留守のときは、ちゃんとうちの食事の支度してくれるし、奥さんが家をあけるときは、だんなさんの食事を私が支度してね。お料理もお互いに研究しながら、その奥さんが新しいレシピを完成させたら私に教えてくれて、私が完成したら、その奥さんがやってみて。奥さんはもう亡くなってしまったけど、最後のほうは味が同じになっていましたよ。

新しいメニューを考えるときはどんなときですか。失敗することもありますか？　今まででいちばんおいしくできた料理はなんですか。

新しいメニューは、始終考えたり、試したりしています。毎日といってもいいですね。講演でいろいろなところに行くでしょ。そこでこれってものがあれば、飛行機の中でまとめて、家に帰ったらすぐつくる。それほど食べることが好きなんです（笑）。思いついたら、夜中でもつくるんですよ。なんにも億劫でないね、楽しいから。

はじめての食材を使うときはいろいろ考えます。数年前の夏、青森にもゴーヤが店頭に出回るようになったんですね。そのとき、きっとみんなどのように食べればいいのか困るんでないかと思ったの。それで、今まで食べたゴーヤ料理はそんなにおいしいと思ったことがなかったけれど、五、六回試行錯誤してみて、おいしいゴーヤ料理ができるようになりました。調理の勉強をしている孫から教えてもらったのですが、ゴーヤと一緒に炒める豆腐を焼いて使うと、水分がしっかりとれておいしくできるんですよ。

そのように何度も失敗を繰り返し、やっと自分のやり方、自分の味をみつけることもしばしばです。失敗もまた、成長につながるんですね。ですから、失敗をおそれないで、またやっております。

今までいちばんうまくできたお料理は……考えて考えてつくっておりますので、たいていおいしくできていると思っています（笑）。

――相手によって調理法を変えたり、気をつけていることはありますか？

私は、高齢の方にも小さなお子さんにも、同じものをお出しします。おいしくつくると、どんな年齢の方でも問題なく召し上がります。

森のイスキアには、さまざまな国の方がいらっしゃいます。韓国、アメリカ、カナダ、ロシア、フランス、ドイツなど、外国のお客さまのほとんどは私が行ったことのない国の方たちです。そんなときも、お出しする食事はいつもと変わりません。日本の食文化を伝えたいという気持ちもありますし、おいしいものは国を問わず誰にでも通じるのです。ですから、こころを騒がせず、ただおいしいものをつくることに挑戦しています。実際、どの国の方もたいへん喜んで召し上がってくださいます。ふきの煮つけが気に入って、「ベリー、デリシャス！」と言って三度もごはんをおかわりした外国人の方もいらっしゃいましたよ。

私も講演でアメリカやバングラデシュ、シンガポールなど、海外に行くことがありますが、そんなときは、現地のみなさんと同じものをいただくようにしています。

「包丁や鍋などの台所道具にこだわりはありますか。

やはりいいものを使ったほうがおいしくできますか？

雑誌などで、私が皮をむいた人参などの写真が掲載されると、「どんな包丁を使ってるんですか」と出版社に問い合わせがくるそうです。でも、私が使っているのはごくごく普通の包丁ですし、ほかの台所道具も全部そうなんですよ。ただ、自分で〝これは〟というものを大切にして、長く使っています。

以前、料理にたいへん関心のある方が私の台所になにひとつ高価な道具がないのを見て、「道具ではないんですね。最新の効率のよい道具より、かえって昔からの道具のほうが理にかなっているのかもしれませんね」とおっしゃっていました。その方は何万円もする鍋など、一級品といわれる料理道具を揃《そろ》えているけれど、ほとんどが眠っているのだそうです。

私が気に入ってずっと使っているお鍋は、特別なものではないけれど、大きさ、深さ、厚さがちょうどいいんです。片手がとれてしまっても、やっぱりこれがよくて、これればかり使ってるの。圧力鍋を使うと時間も短縮できて便利だと勧めてくださる方もいますが、一度ふたをしてしまうと、様子を見ることができないので、使う気になりません。

フードプロセッサーも勧められますが、食材が痛々しい感じがして使いたくないの。私は、昔ながらのすり鉢とすりこぎでこころを込めてすりつぶします。すりこぎは、私が結婚したときに、叔父が自分の山の山椒《さんしょう》の木でつくってくれたものです。三本もらって、現在のが最後の一本。長く使っているうちに先が減ってきますが、年輪がこまかくてしっかりした木なので、何十年も使えます。艶《つや》が出て先がつるつる光ってますよ。二十年近く使っているすり鉢は、職人さんの手づくりで、溝の目が深くてすりやすいの。機械でつくったものは、溝が浅くてすりにくいですね。

落とし蓋《ぶた》にはお皿を使います。市販の木製や金物の落とし蓋では軽すぎるんですよ。陶器のお皿の重さが、食材にとっていちばん心地いいようです。いろいろ試してみて、鍋の直径よりふたまわりくらい小さく、平たい陶器のお皿を愛用しています。このお皿で落とし蓋をすると、かぼちゃでも紫花豆《むらさきはなまめ》でも、とてもきれいにおいしく煮ることができます。

姑がよくおかずをつくってくれるのですが、塩をたくさん使うので困っています。家族の健康のために、減塩してほしいのですが、私の味付けでは物足りないようです。

ここ何十年も、「減塩、減塩」って、塩が悪者のように言われてますけど、塩こそからだにとって大切なものなんです。塩気のない料理は、まずおいしくないですしね。

今から五十年以上前ですけど、知り合いに、からだがぐったり萎《な》えているような娘さんがいたの。あるとき家を訪ねたら、その娘さんが手にしたお皿から、指を使って一心になにかをなめているんですね。「なにを食べてるの？」と訊くと、塩だって。そのときハッと気づいたの。この子のからだに力が入らないのは塩が足りないからだと。塩をなめるほどに、からだが必要としていたんでしょう。それからずっと、塩こそ大事なものなんだなと思ってきたから、減塩が言われるようになっても、全然気にしないで普通に使っていますね。

私が塩分をとるからって、東京の友人が心配して、病院で検査するように何度も言ってきてたんですよ。そのたびになんだかんだと逃げてたんですけど、東京に行ったとき、むりやり病院に連れていかれたの。きっと血圧が高いんだろう、心臓が悪いんだろうってすごく心配してのことだったから、私も観念しておとなしく検査を受けたんですけど、とってもいい数字が出てね。普通の人より健康体だった（笑）。

汗も涙も尿も、からだから排出されるものは全部塩分が含まれているでしょ。毎日、からだからどんどん塩分が出ているのに、減塩していると、体内の塩が不足するのではないかと思います。食べものが腐敗するときも、塩気がないものから腐敗していきますが、人間も塩分が不足すると、体力気力が衰えていくんですよ。

ただ、化学的に精製された塩よりも自然のお塩のほうがいいですね。ミネラルも豊富ですから味にも深みが出ますし、おいしくしあがります。

――父が腎臓がんになりました。病気の人へのおすすめの料理があったら教えてください。

お父さんが好むものを、いいとか悪いとか考えないで食べてもらうのがいちばんいいと思います。いくらからだにいいものでも、お父さんが望まないものであれば、やっぱりそこに苦痛がでてきますので、お父さんが食べて喜んだものを、押しつけないで、そっと出してあげるといいと思います。

――がんなどの大きな病気にならないために
どのような食事を心がけたらいいでしょう？

これががんの予防になるとか、高血圧の予防にはあれがいいとか、そういう情報が流れると、みんなすぐに飛びつきますが、私はそういうことにはまったく関心がないですね。今、なんともないなら、今に満足して、感謝しておいしくいただけばいいと思います。先の病気を心配して、あれこれ漁《あさ》っていると、かえって病気を誘導するように思います。

六十歳をすぎると、食でも、稽古《けいこ》ごとでも、ぼけ防止にやってるという人が増えますけど、自分の姿を自分で想像してるわけでしょ。そんなの嫌ですねえ。自分の中だけに閉じこもっているようで、なんだか狭い感じがします。我が身も明日かもしれないけど、私はぼけたらぼけたときに考えます。

―次世代に伝えていきたい大切な味はありますか？

私が現在つくっている紅白のなますは、曾祖母、祖母、母と受け継がれてきました。その前からとも考えられます。特別なことではないけれど、大根の切り方や、切った大根を塩揉《しおも》みしないで、から煎《い》りするなど、ちょっとした気配りがおいしさにつながっていくんですね。ふだんはちりめんじゃこ、お正月には鮭《さけ》を加えます。一度食べた方からは、また食べたいって、リクエストが多いんですよ。

私のおせち料理は、おなますと、お煮しめと、お魚の焼いたもの、この三品が基本です。地味なようですが、昔からのものですから、次世代に伝えていきたいですね。

お祝いごとには欠かせないお赤飯は、親戚《しんせき》のおばさんから教わりました。その昔ながらのつくり方を、私もたくさんの人にお伝えしてきました。餅米と小豆《あずき》を混ぜるとき、小豆をつぶさないように軽く切るようにして丁寧にほぐすと、お米の一粒一粒がきれいに赤く色づきます。

最近、お客さまによくお出しするのが黒豆のおこわです。こつは、香ばしい香りがたつまで静かにから煎りすることです。二～三個の豆に細いひびが入ったとき、用意してある熱湯を、沸騰しているそのまま豆がかくれるほどじゅうぶんに注ぎ、一昼夜おきます。餅米はじゅうぶん吸水させたものをざるに入れ水を切ります。以上、準備ができたところでお米だけ先に中火で蒸します。お米が透明になったとき、火を止め蒸し器からあげて別の容器に移します。黒豆、豆の浸し汁、砂糖、塩、酒を適宜好みによって加減してお米に混ぜ、固まらないようにまんべんなく混ぜ合わせます。今度は強火で十分くらい蒸しますと、つやつやしたおいしいおこわの出来上がりです。参考までに、お米十カップ、黒豆〇・七カップくらいです。思っているほどむずかしいことはありませんから、特別な日でなくとも、家族みんなが集うときにつくっていただきたいですね。

4

家族へのおもい——母のこころはすべてに

お母さんの包容力とやさしさは、ほかの誰もかないません。
まずは母の包容力で受けとめて、
家族にはおいしいごはんを食べさせてあげてください。

母親が子どもにしてあげられる愛情表現のうち、いちばん心がけてやっていくべきことはどんなことでしょうか。

これはまず子どもさんのことを受け入れることですね。ただ形ではなく、こころから受け入れていく。約束があったら、きちっと約束を守る。できなかったら、そのできなかった理由をはっきり伝えていくことですね。私も小さいころを思い返してみて、約束通りいかなかったことがとっても残念に思いましたので、そういうことを心がけています。

ご自分がお母さんにしていただいたことで、よかったことを考えて子どもさんにしてあげるのがやりやすいことではないでしょうか。母というのは、許しがたきを許し、あるときは太陽のようにあたたかいこころであったり、またあるときは、厳しい冬のような助言をしなければいけないこともあったりします。ときとして、耐えられないようなことにも耐えていかなくてはならないものです。

育児について書いた本には「母の心はすべてに」とサインをしますが、これはお母さんのこころはどんな場合にもいかされるという思いを込めているんですね。ただ、〝母〟という字がなかなか自分で満足するように書けないんですよ。中の二つの点々は乳房だとうかがったので、こころを込めて少し力を入れてみましたら、微笑《ほほえ》みかけるような表情になりました。でも毎回同じようには書けなくて、書くたびに、もうちょっとこうしてと思うんです。そうして母という字を書き続けながら、母になることはむずかしいことなんだなと感じています。

――子どもの教育でイライラすることが多いのですが、こころを穏やかにするコツはありますか？

こころ穏やかでいるためには、感謝の気持ちを持つということですね。それはコツではなく、こころがけです。感情に走って、イライラする気持ちを子どもさんにぶつけないように、素直な気持ちになっているといいんでないでしょうか。

私も、感情的になって子どもを叱ったことがいちばん嫌な思い出として残っています。子どものころの息子は勉強しない子でね。ノートを開いてみるとほとんど白紙で、それでも平気な顔をしているの。ある日、イライラして、「ノートをきちんと取りなさい。誰のために言ってると思ってるの！」と声を荒らげたことがあるんですよ。すると息子が顔を上げて、「母さんのため」って……。本当に恥ずかしい母親だったと後悔していますが、当時はよくないとわかっていても、同じような場面になると、同じようなことを繰り返していました。

他人の子には冷静になれるのに、我が子のことになると冷静でいられなくなるのが親というものでしょう。でも、大きな声で叱らなくてもちゃんと話せば、子どもはとてもよく理解するんですね。「これはこうだからやめなさいね」と静かに言えばちゃんとわかるんですよ。

あとは、子どもに自分の理想や夢を押しつけないことですね。子どもに無用の重圧をかけることになってしまいますから。親が子どもに夢をかけるのは仕方ないとしても、自分の胸の中にとどめておくことです。

小学三年生の息子が、授業中、集中して座っていられないと先生から言われます。学校は大好きで毎日元気に登校しますが、何かよいお知恵はありますか。

最近は、小学生でも朝食を食べないで学校に行く子が増えていると聞きます。朝ごはんを、きちんと食べさせていますか。間に合わせの菓子パンなどですませていないですか？

ちゃんと朝ごはんを食べないで適当なものですませていると、なんとなくふわふわして、こころが満たされないんです。それが毎日続くと、だんだんイライラがたまってきて、落ち着きのない子に育ちます。肌にもつやがなくなり、虫にさされてもすぐ化膿《かのう》してしまったりするようです。反対に、朝ごはんをきちんと食べている子は、心身がしっかりして、肌も丈夫で、自然と落ち着いた子どもになります。

これは大人にもいえることです。忙しくて朝食抜きで出勤したり、ダイエットのために朝食を抜く人も多いようですが、朝ごはんは、昼間活動するための力になるものです。朝食をおろそかにしていると、ますますストレスがたまっていきます。子どもも大人も、しっかり朝ごはんを食べることで、からだもこころも強くなっていくのだと思います。

中学一年の息子がクラスの子のいじめに加担していました。人を傷つけてはいけない、思いやりを持つことを教えてきたはずなのに、ショックです。話をしても、うまく伝わっている気がしません。

頭ごなしに責めないで、まず、息子さんの気持ちを受けとめてあげることですね。息子さんが話す気になったら、良い悪いで判断しないでそのまま受けとめる。胸に詰まっているものが空っぽになるまで、話すだけ話させてあげることです。そうしてタイミングをみて、感じたことを伝えます。言葉の工夫もして、くどくならないように。こちらが一生懸命ムキになって伝えようとするほど、聞いているほうは聞きたくなくなります。しっかりと目をみつめながら、でもさりげなく、すっと伝えるほうが、自然にこころに響いていくと思います。

高校二年生の娘が突然学校に行かなくなりました。原因をきいても話してくれず、母ひとり子ひとりで、どうしていいかわかりません。

無理に問いただださないほうがいいと思います。娘さんにははっきりした原因があると思いますので、すぐ聞き出さないで、それとなく学校のことではないことから話をしてみるのがいいと思います。
お母さんがあんまり心配すると、娘さんも心配をかけてると思ってつらいですね。そんなに気をつかっているように見せないで、包んであげるように見守ってあげるといいと思います。ぽつぽつ娘さんが話すようになるでしょう。好きなものをつくってあげて、おいしかったとか、今日はどうだったとか、ささやかな話をすることから始めたらいいと思います。

お子さんにとって、信頼されるお母さんになることですね。お母さんの包容力とかやさしさは、ほかの誰もかなわないと思います。私は女子校を出ているんですけど、その創立者が、

「どんなにえらい人でもお母さんから生まれている。だから、お母さんは賢くなければいけないんだ」

とよく話されていたのがとてもこころに残っていて、今でも本当にそうだと思っています。

賢さとはどういうことかというと、力があっても、それをぱっと出したりしないで、状況を判断して調和をみながら必要なときに出していくこと。娘さんも、頭ごなしに叱ったり、問いただしたりせず、まずは母の包容力で受けとめて、おいしいごはんを食べさせてあげてください。すると娘さんも安心して、少しずつこころを開いてくれると思います。

夫と些細なことで争い、五歳の子どもにたびたび夫婦げんかを聞かせてしまい、反省することがよくあります。感情的になったり、ストレスで子どもを叱ったりする、そんな自分を変えたいです。

感情は抑えることができないものだから、そのまま感じればいいんですよ。でも、その感情を相手にぶつけたり、ましてやお子さんに八つ当たりしてはいけませんね。〝自分がこう言ったからだめなんだろうか〟とか、〝あの人もよくないのに私のことを悪くとってる〟などと考え出すと、非常に複雑になってしまうので、余計なことは考えないことです。私は、ふだんやれないようないちばん面倒なことをやるんですよ。そうするとこころがいつのまにかそっちへ向いて、少しずつ感情をコントロールできるようになります。

大人であればそんなにこたえないようなことでも、子どもというのは小さい胸をたいへん痛めますので、子どもにだけはそれを味わわせたくないと思いますね。自分の感情だけで、ばばっと叱ってしまうと、子どもはなにを叱られているのかわからなくなってくる。それを何度も繰り返していると、子どものほうもこころをかたくして身構えるようになっていきます。そして、親にはわかってもらえないと思うようになり、自分の気持ちをため込んで、なにも言わなくなってしまいます。

こころにため込んだものはいつか爆発して、突然具合が悪くなったり、暴力を振ったりということになるのだと思います。ですから、自分の感情で子どものこころを傷つけないようにしていきたいものです。この方はご自分でよくわかっていらっしゃいますので、子どもさんを不安にさせないようになるだろうと思います。

――六歳の子の指しゃぶりが心配です。

指よりもおいしいものを食べさせるといいですね。

――不妊治療をして努力はしていますが、子どもができません。でも、子どものいない生活は考えられず、どうしてもほしいのです。

産むとか産まないというのは、自分でできることではないですね。

よく「子どもをつくる、つくらない」という言い方をあたりまえのように使いますが、私はこの言葉がとても嫌なんです。自分がいのちをつくり出すかのような驕《おご》りを感じます。子どもは神さまからの授かりものです。自分の自由にできるモノではありません。思い詰めないで時期を待つようにしてください。

私は、母親から虐待《ぎゃくたい》を受けて育ちました。だから、子どもができたら絶対、愛情をたっぷりかけて育てたいと願ってきました。なのに、今、二歳になる娘をみていると、わけもなくイライラするのです。いつか娘に私と同じ思いをさせてしまうのではと不安です。

虐待するのではないか、と思っていると、そうなってしまいます。自分の子を虐待したい親なんていませんから、自分を信じて、お子さんと向き合ってください。

こういう悩みは、今、とても増えていますね。ある講演会で会場のみなさんから質問を受けていたとき、「自分は子どもを受け入れられないんです」って若い女性が言ったんです。「自分も母親に受け入れてもらえなかったから、私はそういうことをしたくないと思っていたのに、やっぱり自分もそうしてる」って、それが悩みだったんです。「受け入れてあげなきゃだめですよ。お子さんもさびしい思いをしてるから、抱きしめてあげることだね」って言ったら「努力します」ってこたえてましたけどね。実はそのあと、続いてふたりも同じ問題だったの。

虐待の問題は、たいてい、家庭での成育環境が影響しているようです。そばで悩みを聴いてくれる人がいて、力づけてくれるとよくなっていくと思いますが、現代は核家族で、そういう交流がなかなかできてないんですね。だから、イスキアにも、虐待を受けたという方が、よく訪ねていらっしゃいます。「娘にしてください」っていう人も多いですね。男性でもいますよ。みんなさびしい思いをしていますから、手をにぎってあげるんです。ただにぎるのでなくて、ちゃんと両手で包んで、自分の気持ちが手を通して、その人のこころに通じていくようにと祈りながら、しばらくじっと手をにぎってあげる。そんなささやかなことでも、元気になってくれます。

共働きで夫も家事育児を手伝ってくれはしますが、家庭ではやはり女性のほうが負担が大きいのが現実。不公平な気がしてなりません。

戦前は、女性は家にいて、家庭のことをやるのがいい主婦でいいお母さんだといわれてきましたが、敗戦になって、いろいろな文化が入ってきたときに、女もこうしてはいられないと、女性も勉強して社会に出るようになってきました。それから何十年も経って、女性もすごく働くようになって、最近は、男女共同参画ということもいわれています。

そんな今だからこそ、私たちはまたもう一歩考えなくてはいけないんでないかと思うのです。女性であっても、父性がなければいけないときもあるし、男性であっても、女性的な包容力ややさしさがないといけない。その一方で、女性でなければできないこと、男性には男性しかできないことがいっぱいあります。男性も女性も、それぞれに与えられた能力がお役に立つように、調和をとることが大切ではないかなと考えさせられるんです。

こういうのは古い考えになるのかもしれませんけど、特に女性は男性に負けられないと肩肘《かたひじ》張るのではなく、調和をみながら力を発揮していくのがいいんでないかな、というのが私の考えです。包容力や受容性は、女性に与えられたかけがえのないものだと思います。包容や受容は、強くないとできないことです。それは、女性が本当の賢さを備えたとき、品格として出てくるものではないでしょうか。

夫の、人の心を踏みにじる言動に傷ついています。
こういう人をどう許せばいいのでしょうか?

男性は、強そうに見えるけど、実は弱いもの。そこを女性が理解したとき、男性は強くなるんですよ。ですから、まずはだんなさんのことを受けとめることでないでしょうか。言葉などで、それを直そうとしないで、まず受けとめること。受けとめられたと思うと、その人はまずほっとして、そこに信頼感が出てくるんです。

　夫との問題を抱えた女性が、大阪から家出のようにして私のもとを訪ねて来たことがありました。夫には黙ってきたというので、「だんなさんもきっと苦しんでいるだろうから、ここにいることだけは知らせたほうがいいよ」と言ったら、連絡をとったようで、その日の昼にだんなさんが飛んで来たんですよ。ふたりは、お互いの言い分を主張して、話はずっと平行線でした。私はご夫婦のそれまでの経緯を知らないから、とやかく言うことはできないと思って、おふたりが話し合うのを静かに聴いていました。

　一泊したのちご夫婦は一緒に帰って行かれたのですが、帰り際、だんなさんが「車を贈りますから森までの足に使ってくださいね」とおっしゃって。一週間後、八人乗りの新車を届けてくださいました。どうしてそこまでしてくださるのかしらと思っていたのですが、一年も経ったころ、だんなさんが私にしみじみとおっしゃったの。

「先に妻の話を聞いているのだから絶対に私が諭されると思ってきましたが、どちらにも傾かず中庸《ちゅうよう》をとってくださったことに、こころを動かされました。受け入れられるということが、どれほど強いものか、あらためて考えさせられました」
〝受けとめられた〟と思うと、人は変わってきます。そういうときに、さりげなく、「こうしてもらいたいよ」とか、「今まではあまりよくなかった」ってことを、おっしゃればいいんでないでしょうか。そのご夫婦も、コミュニケーションを見直して、ときどきけんかをしながらも、少しずつ少しずつ関係を修復していきました。あれから十年以上経ちましたが、ふたりで旅行を楽しんだり、仲よくやっているそうです。

夫の暴力に悩んでいます。普段はやさしい人なのに、ちょっとしたことで豹変《ひょうへん》するのです。後で反省して、「もうしない」と約束してもまた同じことを繰り返す。どうすれば変わってくれるでしょう……。

ドメスティック・バイオレンス（ＤＶ）の問題も本当に多いですね。女性センターや福祉事務所など、さまざまな相談窓口がありますから、ひとりで抱え込んでいないで、ぜひ一度そういう専門機関を訪ねてみてください。緊急の場合には、一時的に避難できる公的なシェルターも各都道府県に必ず設置されています。

どんな理由があれ、暴力はいけないことです。ただ、私がこれまでDVの相談を受ける中で感じたのは、暴力をふるってしまうだんなさんは、お母さんのこころに飢《う》えているのではと思うんですね。ですから、お母さんのこころを出してあげると、だんなさんのこころも和らいでくると思います。暴力に対抗しようとすると、どこまでもひどいことになります。

人を受け入れるということは、無条件に相手を信じるということ。それは母のこころです。DVに限らず、すべての問題の根源は母のこころでないかと思います。どうしようもないとき、お母さんのこころを思い出して、自分が感じたお母さんのいいところをやっていけば、たいていのことは解決します。お母さんのこころというのはそれほど大きなものです。

夫が別の女性と長く関係があり、苦しみの日々を送っています。今の状態を続け不安定な母親でいるより、離婚し新しい人生を前向きに生きるほうが、子どもにとってもよいのではないかと迷っています。

私は、子どもがいる場合は、離婚はいっさい勧めません。親の都合で離婚すれば、子どもたちが犠牲になるからです。両親の離婚を経験されたお子さんは、いくつになっても、そのときの傷を背負っています。今、死ぬというときでも、別れた父や母を思い出して涙する。そういう場面をたびたび見ているのでね。子どもがどんな思いで育っていくかよく考えてほしいと思います。

夫との関係が冷めて、離婚を考えているという女性が訪ねてくることも多いんですけど、まわりの人は、「あなたにはあなたの人生があるんだから、離婚するのもしかたない」という意見がほとんどだといいます。

でも、私は「それはそうでないよ」って言うんです。子どもにすれば、お母さんもお父さんもひとりしかいないんだから、今、ここを忍んで、子どものために耐えていくべきじゃないかって。すると、「はっきり反対されたのは初めてです」と言って思いとどまる人もいます。そこで離婚しないでがんばって乗り越えた人は、がまんしてよかったって言いますね。

夫以外に愛する男性が現れて、悩んだ末に離婚。子どもを連れて行くことは叶いませんでした。再婚し、新たに家庭を持ったのですが、残してきた子どものことを考えるとやりきれず苦しんでいます。

あなたは、もっと苦しまなければいけません。お子さんはどんなに小さい胸を痛めているかわかりません。苦しんで、苦しみ抜いて、そして、今までお子さんにできなかったことを、多くの人のためにやってあげてください。

努力はしましたが関係を修復できず、昨年離婚しました。自責の念に駆られることもあります。親として、今後の子育てでしてあげられることは何でしょう?

子育てに迷った親は、子どもになにか特別なことをしなければならないと思いがちです。けれど、子どもが渇望しているのは、特別なことではありません。日々の食事に手をかけて、こころを尽くすこと。手づくりのおいしい食事は、なんの説明もしなくても、子どものこころに響きます。その味は、一生その子の中で生き続け、深く愛された記憶として支えになります。

息子のお嫁さんが心を開いてくれず、どうもぎくしゃくします。孫のしつけについても、なるべく口出ししないようにしていますが、気になることもあり……。嫁姑のつきあいの極意はなんでしょう?

嫁姑のつきあいは、いろいろと問題が多いようですけど、大切なのは相手を信頼すること。信頼していればなんでもないことが、信頼がないと全部気になってくる。同じことでも、見る人がこころを変えると、違って見えるものです。相手のことを〝こうだ〟と決めつけたりしていると、たびたびぎくしゃくを繰り返しますよ。
お互いに信頼して、受け入れる努力をすればいいんですけどね。信頼することは、素直が根本だそうですから、素直なこころになっていると、信頼ができてくると思います。そのうえで、気になることがあれば、チャンスをみて、それとなく気づいてもらうようにしてもらったらいいと思いますね。

同居の義母は私のすることなすこと気に入らないようです。夫は「気にするな」と言うだけで頼りにならず。毎日顔を合わせていると本当にうんざりです。どうつきあっていけばいいでしょうか?

このような問題はどこにでもありますね。これはひとつの例なんですけど、ある日の夕方近く、森のイスキアに、突然女性が訪ねてきたんですよ。応対したスタッフが走ってきて、「今日のうちになんとしても会いたいと言ってるんですけど、どうしましょうか」と言うので、私は弘前に帰らなきゃならなくて、準備してたんですけど、すぐに中に入っていただきました。

　そしたら、お舅《しゅうと》さんとお嫁さんの問題だったの。その女性は、お姑さんを二年間介添えして二年前に看取《みと》ったんです。やれやれと思ったのもつかの間、今度はお舅さんが半身不随になってしまった。もともと人をまとめてなにかをするような、自分でなんでもできるお舅さんだったそうですが、お嫁さんの手を借りて生活することになったわけです。

　お嫁さんは、以来、ずっとお世話してきたのだけれど、今ではなにをしてもお舅さんの意に添わなくなってしまったと。着せるものも、気に合わなくて、全部脱いでしまうんですって。一日に二回くらいならまだがまんできるけど、最近は四回も脱ぎ捨てる。誰かに話したいけど、人の噂になってもいけないと思って、ひとりでがんばってきたけれど、とてもやりきれなくなって、イスキアに来たんだそうです。

私はずっと聴くだけだったのですが、お嫁さんがひとりで一時間くらいしゃべったあと、ふとひと息ついて、「夫は『自分で脱いだんじゃなくて、外れたんだ』って言うんです」と言ったんですね。そして「私はお義父《とう》さんがわがままでやっていると考えてたけど、これからはこころを変えて、夫の言うように、外したんじゃなくて外れたんだと思います。施設にお願いしようかと考えていましたが、これからも私がお世話をしていきます」と言って帰って行ったの。

こころの中のものを吐き出して、誰かが受けとめてくれると、元気が出てくるんだなと、あらためて感じた出来事でした。まわりに聴いてくれる人がいなくても、こういう「わかちあい」のような場で話すことも、気持ちが整理できてたいへんいいことですね。会場のみなさんも、頷《うなず》きながら聴いて、一緒に考えてくれる。それがまた、力になるんでしょうね。

定年退職したら、妻とふたりでボランティアなどをして有意義な時間を過ごそうと思っていましたが、いざふたをあけてみると、些細なことでけんかが絶えません。昔のことまで蒸し返され、うんざりです。

本当は定年前から準備に入ったらいいんですけどね。

定年前にボランティアをしていた人はそのまま続ければいいから問題ないんですけど、仕事を辞めたからやるっていうと、なかなかぎこちなくて進まないことが多いようです。時間の余裕ができたからやるというのではなくて、定年前から心がけておくことが大事ですね。時間のない中でもやるのが、真の奉仕だと思います。

夫婦関係も同じです。時間ができたら関係を見直そうとか、やり直そうとしてもむずかしい。相手を責めないことですね。協調するように努めていくことです。

都会で忙しく生きていると、心の平安を保つことがむずかしいです。夫もリストラされるのではないかと、ストレスを抱えています。競争社会に生きる現代人の私たちに、食以外で何かアドバイスは？

そうですね、競争社会の中を生き抜くのは本当にむずかしいと思います。すべてが競争でそれに打ち勝とう、生き抜こうとすると、たいへん負担になることなので、私は今を大事にすることがいいんでないかと思います。

先を考えて、こうすればいいか、ああすればいいかと考えても、わからないわけですよ。五分先のことでさえ、私たちはわからない。競争社会を勝ち抜いていこうとすると、ますますわからない。わからないことを考えるから、またわからなくなる。だから、今こうして生きていることが感謝だと思うと、少しは落ち着いて暮らしていけるのではないかと思います。

転倒がもとで車椅子の生活になりました。嫁や娘が面倒をみてくれるのが、心苦しくやりきれません。これからますますまわりに負担をかけるかと思うと、気持ちが落ち込み生きる気力が湧きません。

これはやっぱり本人がこころを変えることだと思うんですね。いつまでも若いころのままとはいかないと思うので、素直な気持ちでお世話になって、自分でできることは自分でやるってことでしょう。自分はダメだダメだと思うとますますできなくなりますから、感謝の気持ちでお世話になることですね。社会的に地位がある人ほど、プライドが邪魔してなかなか人に頼れないようですが、プライドよりも感謝の気持ちですね。

まわりの人も、少し考えるという気持ちにならないといけないと思います。自分がいいと思うことが、必ずしも相手にとっていいとは限らないということを忘れてはダメですね。本当に相手が求めていることをやるのでなければ、お世話するつもりがただの自己満足になってしまうし、相手を傷つけることにもなりかねませんから。

母がこころの病気になりました。最近は、病院に行きたがらず、薬も勝手にやめてしまいました。父と説得しても、聞いてくれません。病気を認めて治療に専念してもらうにはどうすればいいでしょう。

なんとかして治ってほしいと思う気持ちはよくわかります。それは本人にとってもありがたいことなんだけれども、あんまりまわりに気をつかわれると、やっぱり受けた人には重荷になって、ますます病状が悪くなってくる場合が多いようですね。
行動とか言葉に出さないで、お母さんのこころが治ってくれたらいいなという気持ちだけはなくさないでいると、お母さんも落ち着いてくるのではないでしょうか。病院をお勧めするのも、くどくなく、さりげなく、お母さんをいたわるようにして話したらいいと思います。お母さんも苦しんでいますからね。
ご本人のこころが動かないことは、なにをしてもこころに入っていきません。言わないことのほうが、いろいろ言葉を尽くすより響くこともあります。立ち入りすぎず、孤独にさせない、さりげない距離感が大切だと思います。

八十八歳になる祖母がいます。最近、ぼけが進んできたのですが、何をしてあげるべきかわかりません。

どうしてあげるべきかというよりも、その方のすることを受けてあげることではないでしょうか。こうすればよい、ああすればよいと思うのではなく、おばあちゃんのすること、話すことを受けとめてあげる。同じことを何回も繰り返し言ったりしますけど、そのつど受けとめてあげると、いいのではないでしょうか。

こんなことがありました。あるとき、森のイスキアに老人ホームから認知症のおばあちゃんが連れられてきたんですね。おむすびをつくって、ふたりの介護の方とおばあちゃんと一緒に食べることになり、私は食べてくれたらいいな、とこころで祈りながらおむすびをにぎって見守っていました。私のおむすびは大きいので、介護の人はひとくちで食べられるようにおむすびを割って渡そうとしました。するとその方は、手を振って、嫌だっていう意思表示をして、自分でおむすびを取ったんですよ。そしてひとくちひとくちをゆっくり食べながら、「おいしい。おいしい」って言ったんです。

介護の方が顔をみあわせておっしゃるには、普段は言葉が全然出ていなかったんですって。帰るときも、来たときのようにおんぶして階段を下りようとしたら、手で嫌だって合図して。それでも危ないから、おんぶして車に乗せたんですよ。車に乗ってからもなんだか落ち着かなくて、どうしたんだろうと思ってたら、一年前に亡くなったお姉さんの名前を呼んで津軽弁で「しばらくだねはー（しばらくですねえ）」って言ったんですって。

このように、誰に対しても、祈りは通じていくものです。ぼけているからと、特別扱いするのではなく、今まで通りに接していれば、きっと通じ合える瞬間があると思いますよ。

二年前ひとり息子を失い、生きる力のない日々を送っています。
あちらの世界に行って息子と再会したときに、
「がんばったね」と、ほめてもらえるように生きたいです。
今後の生きる力となる言葉をいただけたらと思います。

そうですね。我が子を亡くした思いというのは、本当につらいものです。必ず、息子さんにほめてもらえるときがくると思いますから、そのことにこだわらないで、悲しみを神さまに捧げるような気持ちでいたらいいのではないでしょうか。自分だけと思うと非常につらいものなので、私だけではない、同じような人はもっといるんだと思ったときに、また違った気持ちになると思います。

私が小学校五年生のときに父が自死しました。奨学金を得て短大も卒業し、今は保育園の栄養士をしています。結婚も決まったのですが、自分の家族ができる、と思うと、どうしても父のことを考えてしまいます。残された者、置いていかれた者は、身内の死をどんなふうに考えて生きていけばよいと思われますか。

亡くなったことは本当につらいし、悲しいことなんだけれども、お父さまは自分でそのように望んで逝ったと思うんですね。今は安らかに神さまのところで休んでいらっしゃると思います。そうおとりになって、お父さまが生前にどんなことを望んでいただろうかと考え、その望んだようにやっていくことではないでしょうか。

いつまでもいつまでもそのことにとらわれていてもどうにもならないことなので、新しい気持ちで暮らしていくことが、故人のなぐさめにもなるし、感謝にもなるのです。そこを切り替えていくことは、決して薄情ではありません。悲しみを捧げて、元気に生活することが、いちばんの供養になっていくと思います。

5 生きていくこと、老いること——今を生きる

〝今、ここ〟から目をそむけるのでなく、
大きくこころを開いてみれば、
どんな状況にあっても喜びを感じられるものです。

―自分のやりたいことをみつけるにはどうしたらいいと思いますか?

人がやっていてよさそうだからというのではなく、自分の好きなものがいちばん続くんでないかと思いますね。あれもこれもと欲張ってもやれないことだから、自分の好きなものの中でこれというものをひとつみつけて、一心にやることがいちばんよいのではないでしょうか。

たとえば染色の場合、染めの色の出し方、絵柄の構図、うまく染まればその仕立て方というように、ひとつのことを一生懸命やっていると、そのことのためにやるべきこと、学びたいことがつぎつぎに出てくるものです。一事に徹すれば万事に通じるという言葉がありますが、本当にそのとおりだと思います。

―将来のことで道がいくつかあって、どうすればいいか迷っています。初女さんは迷ったときにはどうしますか?

迷ったときは行動に移らないで、しばしそこにとどまって、状況を判断します。こういうとき無理をするとダメなんですね。迷ったまま歩いても、行き先がわからなくなるだけ。自分のこころが安定してはっきり実行に移れるときに移ったらいいと思います。無理をしないで自然に運ばれるようにしていると、自分の中でこれという道が決められてくるんですよ。それに従ったらいいと思います。

行動に移してやってみても、うまくいかないときは無理しないで、またしばし休みます。休むこともたいへん大事なことなんですよ。無理して突き進まないで、休んでいるときに、よい考えが出てきたり、チャンスも出てきますので、進めないときはそこで休むといいんです。そして状況を判断して、また一歩進む。これはダメだと気づいたときはやっぱりやめますし、続いていったときには、その方向で進めていきます。そうすると、わりと堅実に進んでいくように思います。

迷ったときはとにかく、急がないことです。これは自分で体験して本当にそう思います。一緒にやっているスタッフたちにも、「どうしようどうしようってときは、待ちなさい。なんか出てくるよ」って言うんですけど、本当にその通りで、慌てないで物事をしっかり見ていると、やっぱりいい状況になってくるんです。毎日の生活の中でも、急いではいけないことがいっぱいある。だから、いつもスタッフには「急がないで、急がないで」と、口癖のように言ってるんですよ。

ノルマに追われ仕事をする中で、営利を目的とする企業の論理にほとほと疲れ果てました。どのように自分を保てばよいでしょうか。

三月ころになると、そういう人がよく訪ねてきます。銀行マンや営業の人とか、疲れ果てて、もう会社を辞めたいと。

そういう人たちを見ていて私が感じるのは、こういう場合も、やはり食の影響が出てくるんだということ。きちっとした食で暮らしている人は、悩んでもこれを受け入れる力があるけれども、コーヒーになにかをつまむような朝食や、コンビニ弁当やインスタント食品で一日を終えるような食生活では、乗り越えられないですね。どうにもならないから辞めてしまう。それで、また別な会社をみつけて入るけど、やっぱりそれは同じような結果になるんですよね。

だから、仕事に行き詰まった人が訪ねてくると、とにかく食べてもらうんですよ。そうすればさっと元気になるし、〝食べるものってこんなに力があるんですね〟って自分で気がつきますから。そこで思いとどまって、辞めないで続けた人は、「あのとき辞めないでよかった」っていいますよ。こういう悩みはどこにでもあることで、今の会社を辞めてみても同じような結果になると思います。正しい食事をしっかり食べて、こころを元気にしてください。

――今日とは違う明日にしたいとおっしゃいますが、そのためにはどこにポイントをおけばいいでしょう?

今まで気づいたことのないものを発見するようにしています。毎日のことですから、同じ日ということはないですね。ただ、漠然とぼんやりしていたら、ずるずると一日が終わってしまいます。どんな小さなことでもなにかそこにありますから、それに気づくことですね。

――人にはそれぞれ役目があるといいますが、どうやってそれに気づくのでしょう。どうしたら、自信を持って生きられるようになりますか?

どうしたらいいんだろうか、役目はなんだろうか、と探すのではなく、やっぱり今を大切に過ごしていると、自分はこれがお役目なんだなと感じられることがあるのではと思います。自分で自分のことを決めていこうと思わないで、自然にしている中で、なにかがそこにぱっと出てきて道が示されるように思います。自信を持つには体験を重ねて確信を持つことです。

――人生の伴侶を決めるとき、どのようなことを大切にするとよいですか?

まず素直な人、それから元気な人、感謝のこころがある人、がいいんでないでしょうか。これは、松下幸之助さんも経営者の条件としてあげられています。素直と元気と感謝。みなさんどなたにも通じることだと思いますし、私もたいへん感銘を受けました。そのような気持ちで、出あったときにお決めになったらいかがでしょう。

今年で四十歳になりました。独身で、両親と暮らしています。このままひとりで生きて行かなくてはいけないのかと考えると恐怖です。

先のことを考えるから恐怖になるのです。今を感謝して暮らしていると、毎日が豊かになると思います。

私の身近な人ですけど、結婚しないと決めてずっとひとりで生きてきた女性が、四十歳が近づいてきたら心細くなったのか、結婚する気になったんですね。そしたら、相手も現れて、結婚しました。子どもも生まれて、今は家族三人で楽しく暮らしています。そういう例もありますので、心配することはないですよ。今を恐怖でもって過ごしていると、そういう気持ちが自分の姿にも表れて、縁遠くなる気がします。今を楽しくしていると魅力が出てきますから、どなたか現れると思いますよ。

――四十代後半に入ってから、からだが疲れやすくなり、あちこちに不調が出て婦人科に行ったら更年期との診断。あとは老いる一方かと暗い気持ちになります。初女さんはどうでしたか?

私は更年期がなかったの。ぜんぜん。時差も感じないし、船酔いもしないし、鈍感なのかもしれない（笑）。

年を重ねると、からだは若いときのように、じゅうぶんに働かなくなるけれども、そのことについてはくよくよしないで、今を生きることですね。私はこれからどうなるんだろうとか、病気になったら誰が看病するのだろうとか、そういうことはいっさい考えてない。今、ここまで老化していても（笑）。ただ仕事がね、じゅうぶん働けないから。それはちょっと残念に思いますけど、それも仕方ないことだからね。

もうすぐ五十歳ですが、三十歳ごろから病気の連続。なんとか丈夫になりたい、と玄米菜食を自分でつくっていますが、疲れやすいのも悩みです。昨年両親を亡くしひとりになり、こころまで弱っています。

病気がつぎつぎと出てきて本当にたいへんなことだと思います。食事を自分でつくって食べることがいちばん大切で最高なことだと思いますので、これを大事にして続けていけば、からだの中から元気を取り戻していけると思います。

いろんなことを全部一緒に考えると本当に疲れてしまうし、いつも暗い気持ちになるのでないかと思います。この会場まで来ることができない人もいるのに、あなたは今、ここにおられる、そのことに感謝をしていけば少しは気持ちが楽になるのではないでしょうか。

病気の心配ばかりしていると、不安が不安を呼んで、病気を引き寄せることもあります。健康な人でも、先回りして自分はがんではないかとか思っているうちに、長いことかかってそこまでいくんですね。だから、気持ちでもって病気を誘導することのないようにしていきたい。今に感謝していると、とても自由な気持ちになるし、一歩一歩確実に進んで行けるように思います。

今、病気で悩んでいます。病気を乗り越えられた秘訣《ひけつ》を教えてください。私も薬や手術ではなく、食べもので元気なからだになりたいです。

私も闘病中は早く死ぬんでないかと思うときもありましたけど、それよりも〝生きます〟と強く思って、絶対元気になるんだと自分に言い聞かせていました。
ただ、薬を飲んでも注射をしても、さほど元気になったという感じがなかったんです。一方で、食事でおいしいと感じたときは、細胞が躍動するようで、その後の気分もたいへんよかった。ですから、〝薬ではない、食べものだ。食べもので元気になります〟と思いました。

苦くておいしくない薬を「飲め飲め」と言われてもねえ。母なんかは「目をつむってぐっと飲みなさい」って言うんですけど、目をつむったっておいしくないんですよ（笑）。どうしても薬を飲むのが嫌で、こっそりお菓子の箱にためて、海に流したりしてました。それで、いっそ薬に頼るのはやめようと思ってやめたの。それをずっと通して現在にいたっています。

八十を超えた今でも、風邪をひいたりして、洟《はな》や痰《たん》が出てくると、必要ではないから出てくるんだろうと思って、出しとくんです。まわりの人が心配して薬を持ってくるんですけど、私は出るものが出ればそれでいいと思って、飲まないでいます。

健康の秘訣は、やっぱりよく食べることです。その年でよく食べますねって言われますけど、これも嫌なものですね（笑）。今、食べてるのに、そんなことは言ってもらいたくないけど、確かによく食べます。

年金問題など社会保障や福祉の手薄な日本で老いていくことが不安です。貯蓄もじゅうぶんではなく、家族も親しい友人もいません。死後、何日も経ってから発見されるひとり暮らしの方のニュースなど、他人事とは思えません。

そう考えると不安ばかりですよ。看病する人もいないしとか、ひとりだけだとかって思えば、どんどん不安がふくらんでくる。

私はそのときが来れば考えるかも知れないけど今は考えません。〝今を生きる〟という言葉に尽きると思う。たとえば貯金があればいいのにと思ったって、貯まらないからね。だからもう私は、今がいちばん大事だと思ってます。

なんにもしないでいるとそういうことを考えると思います。なにかしら始めたほうがいいですよ。自分のためにではなく、人さまのために。すると、自分の中からなにかがどんどん出てくるから、それに向かって真実に生きていけば、不安はなくなると思います。

明日のことは私たちにはわからない。ですから、今このようにしているとなんにもないし心配ないから、これで満足していくことです。どこも痛くないのに、ここはがんではないかとか、糖尿病ではないかとか、いつも自分を大事に大事にして心配ばかりしていると、逆に病気を誘導していくことにもなると思います。

取材などで、「高齢者として社会になにか要求したいことはないですか？」って訊かれることがあるんですけど、私は考えたことがないの。確たるものを持って自立していく高齢者になりたいと思ってきたし、そのように努めています。

「年を重ねるほどに、あちこちがたがきて憂鬱《ゆううつ》になります。いろんなことができなくなって、気持ちが焦っています。

それはそうでしょうね。あちこち悪くなればね。でも、それはそれとして、生き方を変えていくことではないでしょうか。今までやってきたことができなくなってきたから、今の自分にできることを考えていこうとかね。

最期は祈りだそうですよ。なにもできなくなっても祈ることはできますから。

――人は死んだらどうなるのでしょう?

亡くなると霊魂は天国ですね。みんな行きますね。私はそう思います。お墓へ行くって言う人もいますよ。だから、お金をかけてお墓をつくらなきゃならないって。死んだら行くところだから、お金かけるって。さまざまな考えがありますね。

天国ははるか遠くにあって、苦しみもつらさもないと考える方が多いようですが、私は、苦しみがあっても、今、ここが天国と思っているんですね。はるか彼方《かなた》の天国に憧《あこが》れて、〝今、ここ〟から目をそむけるのではなく、大きくこころを開いてみれば、人はどんな状況にあっても喜びを感じることができるものです。もっと言えば、苦しみの中にあってこそ、真の幸福を実感できるのだと思います。

死ぬことは、こわくないですか？
ご自分の死についてはどうお考えですか？

死ぬことはこわくないですね。だけど、やっぱり死にたくないです（笑）。明日のことはわからないのでね。今を生きるということしか考えてないですよ。

ただ、みなさんからご支援を受けている身だから、まず元気でいたいと思います。ご支援に対してなんにも報いることができないので、元気でいることで、おこたえしていきたいなと思います。

八十歳を過ぎると絶対自分の死について考えているはずだと思われるようで、「どのような死生観を持っていますか？」とよく訊かれるようになりました。私はひとり住まいですが、死の準備とかはなんにもしてません。なんにも考えてないの。私は、今を生きているんです。

お墓をつくっておかなきゃとか、葬式のお金がなければだめだとか、死ぬときどうするだろうというようなことを考えていると、全部心配になってきますので、今このときを大事にして、今なにも問題がなければそのままでいるということなんです。そんなことは普通では考えられないといわれますけど、でも考えても先のことはわからないので、やっぱり今このときを大事にして、その日その日を誠実に感謝で暮らしていきたいと思っています。

末期がんで義母が入院しています。毎日通っていますが、死期の近い人と何を話せばいいのか、どう過ごせばいいのか、何もしてあげられないのもつらいものです。初女さんは、看取りのご経験も多いと思いますが、そのような時、どのようにされてきましたか?

なにも特別に話さなくても、おそばにいるだけでもいいと思います。そうすれば、お義母《かあ》さんが話したいとき話してくれます。こちらのほうで一生懸命話させようと仕向けても、話したくないときも多いと思うんです。だから、まずそばにいてあげることがいちばんだと思います。

医師で、世界的な精神療法家であったポール・トゥルニエ博士は、信仰に篤く霊的なお仕事をたくさんされた素晴らしい方ですが、「死期がだんだん迫っている人は、そのときほど話したいときはない」と言っています。話せば安心して旅立っていくんだけれども、話したくても話せない人が多い。だから、まわりがそれに気づいてあげることが大事だというんですね。

実際、私も何人か体験して、本当にそうだなと思います。五十〜六十代のころ、教会の信徒会長をしていて、聖体訪問といって、神父さまが病人に神さまのからだであるパンを配りに行くお供をしていたんです。毎週木曜日、十二年間続けたんですけど、ちょっとしたひとことでいいから引き出すと、いくらでも話してくるんです。疲れた病人のどこにそんな力があったんだろうと不思議なくらい話して話して、これまでの生涯のことまで話す。そうすると落ち着いて安らかに逝く。そういうことがあるということを、介護する人も知っておいたらいいと思います。そばにいるとそのチャンスも出てくるし、今までそばにいた体験の中から、ちょっとしたことで話を引き出してくだされば、今まで話さなかった人でも話し出してくるものです。

ただ、誰にでも話せるものでもなくて、同じ身内でも、普段から信頼している人に話すようです。私の叔母は延命治療を断って、亡くなる前の一週間は、言葉もないし、なにも食べなくなったんですね。従兄弟《いとこ》から、「母はもうダメなようだ」と聞いて、あわてて自宅へかけつけました。叔母とはずっと親しくしていたので、これまでを振り返って「おばさん、信仰深かったものね」と、たったひとこと声をかけたんです。すると、「あのときはこうだった。ああだった」ってもう、話がとまらなくなりました。そして、自分が果たせなかった気がかりなことを私に頼んだんですよ。それを見た家族が親戚に伝え、翌日みんなで見舞いに来たそうですが、もうなんにも話さなくて。結局、そのまま逝ってしまいました。

こんなこともありました。私はホスピスに関心があって、どういうケアをしているのか知りたくて、行ってみたことがあったんですよ。見学なんて気持ちはいけないと思って、ラウンジの隅のほうの見えないところに座っていたんですね。すると、ボランティアの人がやってきて、「あそこにいるおばあさんが、あなたと話してみたいって言ってるから、話してくれますか」と訊かれて。「喜んで話しますよ」っておばあさんのそばに行ったら、若いときのことから、戦争のときの苦しみから、これまでのことをずーっと話してくれたの。そして最後に、「いろんなことがあったけれど、今がいちばん幸福です」と言ったんです。帰るときに、ボランティアの人にそのことを話して、「もうまもなくだと思いますから、そばから離れないようにしてあげたらいいですよ」と言って帰ったんですけどね。おばあさんは、それから一週間ぐらいで亡くなりました。

私の母は、肺がんで亡くなったんですけど、どういうわけか〝母さんは今晩だ〟という気がしたんですね。でも、与えられたいのちは最期まで自分の力で生きて欲しかったから、お医者さんは呼ばなかったんです。そのかわり、きょうだいを集めて、交代で母の手を握って、母の苦しみを見ながら、ともに苦しみました。名前を呼んでね、「母さん、苦しいね」って言って、さすりながら送ったんです。きょうだいの誰も、その夜に母が逝くとは思っていなかったから、とても感謝されました。「看取りってああいうものなんだね」って。

夫も、最期はすごく苦しんだんですよ。見かねた娘が、「父さん、今、楽にしてあげるよ」って言ったんだけど、夫は首を横に振ってね。普段から、「最期の一息まで生きんとして生きる」という人だったから。そして、本当に最期にハァーと一息踏ん張って、そしてぱっと切れた。それを家族みんなで看取れたことは、本当に慰めになりました。

普段から近づきにしてきた身寄りのない人から「死ぬときはお願いします」と頼まれることもあります。保証人になって看取って、葬式を出すということもしてきましたが、看護師さんや付き添っている家族でさえも、臨終に立ちあえない人はいっぱいいます。人生の最期を看取るということは、本当に恵みだと思います。

大切な人を不慮の事故で亡くしてしまいました。誰からも慕われていた素晴らしい人でした。神様がいるとしたら、どうしてこんな残酷なことが起きるのでしょうか?

これも神さまから招かれたことのように私は思いますよ。私も息子が死んだとき、〝どうしてだろう、なぜこんなことに〟と思いましたが、でも、起きたことの理由を考えても詮無《せんな》いことなんです。だから、神さまが必要で呼んでくれたんだろう。いつまでも沈んでいないで、息子が生前望んだように生きていきましょう——、そう思い直しました。夫が亡くなったときも同じような思いでした。夫は高齢だったから、心積もりはありましたけど、やっぱり肉親の死というのは、大きなことなんですよ。それでもそのように思って、夫が生きてるときのようにやっていこうと思ったんですよ。

息子が死んで間もないころ、同じように息子さんを亡くした方が三人訪ねてきました。ひとりの人はとてもひとりで来ることができず、付き添いさんが連れてきて。あとのふたりは自分たちで来たけれども、やっぱりただただ泣いていました。

私は息子を亡くしたことを言わないで会っていたんですけど、帰る前にスタッフからそのことを聞いて、感じるところがあったようです。

「私たちは泣いてばかりいたけれど、初女さんは働いているんですね。私たちも、このような自分であってはいけないですね」

そう言って帰られましたが、半年くらい経って、「そう思って帰ったけれど、やっぱりまだ泣いています」という手紙がきました。その後、体調を崩して、入退院を繰り返していると聞いています。

それは決していいことではないですね。亡くなったお子さんも心配しているでしょう……。悲しいのはみんな悲しいけどね。悲しみにおぼれてはいけないと思います。ただただ悲しんでいるだけでなく、悲しみも苦しみも捧げて、やはり生前その人が望んだように生きることではないかと思います。そうして生き方を変えていったときに、なにか自分で感じて、必ずそれはよい方向に進んでいきます。

――変わりたいんです。でも、これといった取り柄もない主婦の私が、ひとりで何ができるのだろうと考えると、一歩が踏み出せません。

私はね、ひとりの熱意が多くの人を動かすということを実感しているんですよ。『地球交響曲　第二番』が上映されて間もなくのころ、仙台市にある小さな町で上映会をやったら七人しか集まらなかったそうなんです。でも、その七人のうちのひとりの女性が、映画に感動して、これを広くみんなに伝えたいというので、そのあとすぐに、森のイスキアまで訪ねてきたんですよ。私は、やりなさい、応援しますよと励まして、「途中二～三回くらいはやめようと思うようなことにぶつかるから、それを超えなきゃだめなんですよ」とお話ししたんです。そうして彼女はひとりで動き始めました。やっぱりやめようかなというようなこともたくさんあったようですが、一生懸命になってやっていたら、手伝ってくれる人が七人くらいあらわれて、上映会にこぎつけたんですね。そしたら七百名もの人が来て、すごい盛況だったの。

その上映会に来た〈宮城県青年の船〉のスタッフの女性が、たいへん感動して、研修のテーマにしたいと提案しました。最初は映画を知らないからみんな無関心だったそうですが、この人がとにかく必死に説得して二十人のスタッフを連れてある上映会を観に行ったんですって。そしたら、みんな納得して、研修の講師として、青年の船に私を呼んでくれることになりました。

なにかひとつを考えても、それを成功させるということは並々ならぬ心労があるわけなんですね。進めているうちに、これでやめようかという思いも体験いたします。だけど、ダメだからとあきらめるのでなく、最後までがんばったひとりの熱意は、多くの人を動かすことができるんです。たいへんな思いを乗り越えて結ばれた関係は、本当に深いものになっていくと思います。ふたりの女性とは、今でも交流をずっとつづけております。

誰かのために何かをしたいと思いながらも、損得勘定や効率で動いているときもあり、自分の心の狭さを感じることがあります。広くやわらかい気持ちを持ちたいので、何かヒントをいただけますか。

やはり今を感謝していくことが大切ではないでしょうか。自分の中に閉じこもらないで、自分の感情を入れないで、そのまま自然にしていることで、なにかが感じられてくるように思います。広くやわらかい気持ちを持ちたいと思っているのですから、そのように思っているとそのように運ばれていくのではないでしょうか。自分で決めるとなりますと、〝我《が》〟が強く出てしまうので、自然に受け身になっていると、なにかがそこで感じられると思います。

――生きていくのがつらく、苦しいです。

私は、苦しければ苦しみを受けることを選びます。〝考えすぎたかな〟とか、〝あれをこうすればよかったかな〟とか、頭でいっさい考えないで、受け入れるのみ。感情をごまかしても、結局苦しみにとらわれて、同じところをぐるぐる回り、いつまでもそのことに引きずられてしまいます。また、中途半端に自分の考えでもって解決しようとしても、結局根本的な問題は解決してなくて、こころの底にもやもやが残ってしまうんですね。

ですから、私は感じることはそのまま感じるように勧めています。苦しみを真っ向から受けとめて、苦しみから逃げない。苦しんで苦しんで苦しみ抜けないくらい苦しみを感じきると、あとは神さまにおまかせしようという気になります。すると、必ずそこから這《は》い上がる道が見えてきます。

それ一回で終わることでないので、常にそれを繰り返してますよ。だから、こう、やせたの（笑）。だけど、前と同じ苦しみではないね。すんなりスルスルとみんな幸福になるなんてことはなくて、生きていれば常に苦しみは伴いますよ。けれど、苦しみは、決して苦しみだけに終わることなく、いつか必ず喜びに変わります。

―今の日本でいちばん足りないことは何だと思いますか?

今の日本では、なんでも自分が中心で、人さまのことを考える余地がないように思います。自分はどんどん話したいんだけれども、まわりの人のこころを受けとれない。だから、話したい人が大勢いるんだけれども、それを聴いてくれる人がいないんでないでしょうか。

―今の時代の子どもや大人に伝えたいことは?

自己中心にならないことですね。自分がかわいくて、自分のためには動くけれど、人のことはわりと傍観している人が多いように思います。以前は、まず自分が幸福にならなければということが盛んに言われて、心理学なんかもそのように教えていたんですよ。私はそうは思わないんですね。みんなが幸福にならなきゃなんないし、自分ばかり大切というのでなく、まず人を大切にしていきたいと思います。

お話の中にしばしば「祈り」という言葉が出てきますが、初女さんにとって祈りとは何でしょうか。

〝祈り〟というと、ふつうは静かに座って手を合わせる祈りを思い浮かべますね。私はそれを〝静の祈り〟と考えます。そして、生きて動いていることすべてが祈りであるとも思っているので、行動することは〝動の祈り〟ではないかと思っています。

たとえば、今、おなかがすいている人がいるのに、ただ一生懸命祈ってもその人のおなかが満たされるわけではありません。そのときおむすびのひとつでもにぎってあげたら、その行為そのものが祈りになると思うのです。

アメリカでテロ事件があったときのことです。ロサンゼルスでおむすびの講習を受講した人たちが、テロ後、たいへん落ち着かなくなって、講習を主催した人を訪ねてきたそうです。そのとき、主催者は「祈りましょう」と言ったのですが、とても心配で祈れる状態ではないと言う。だったら、おむすびをにぎりましょう、ということになって、みんなでおむすびをにぎったところ、とっても落ち着いたというんですね。そのお話を聞いたときに、「祈れないからおむすびをにぎったのではなく、にぎったそのことが祈りなんですよ」とお伝えしました。

こころを込めて食事をつくったり、ともに食卓を囲んだりという、日々のごく平凡な営みの中にこそ、深い祈りがあると思います。〝動の祈り〟は生活そのもの。生活の動作ひとつひとつが祈りにつながっていると意識して毎日を過ごすと、暮らしの中の些細な出来事についても見え方、接し方が変わってくるはずです。

6

初女さんのこと——出あいのなかで生きる

通じ合える方との出あいは電撃的で運命的です。
ひとつひとつの出あいに意味がある。
出あいほど尊いものはないと思うのです。

一食についてはだれの影響をいちばん受けていますか？

祖母のことが、ずいぶんこころに残っていますね。お正月とか、お節句とか、ねぶたや神社のお祭りなどがあると、お料理をつくる人を呼んでつくらせて。私ら孫につくってるところを見せていたんですよ。「野菜を切るときは、短いところや長いところがあったりするのではなく、きちっと端を揃えて切るんだよ」とか。そういうのがずっと私の頭の中にあって、心がけているんですけどね。

ひとり暮らしをしている親戚や、母親を亡くした子どもたちも、ことあるごとに呼んでました。一緒に食事をしたり、帰り際には必ずお土産を持たせてね。また、行商の魚屋さんや八百屋さんがお弁当を食べるための場所を台所の一角にきめて、お茶やおやつを出していました。

母もまた、そんな人でしたね。父の運送会社で働いているだんなさんたちが遠出して家をあけると、昼夜をとわず奥さんたちが訪ねてくるの。ふかしたさつまいもや焼いたお餅でもてなしながら、彼女たちの悩みを聴いていたのを覚えています。私が、訪れる人すべてに、おいしく食べてほしいと食事を用意し、また、帰り際には〝なにかちょっとしたものでもお土産を〟と思うのは、祖母と母のこころを受け継いでいるのかもしれません。

――お父さまはどんな方でしたか?

父は夢ばかり追う人で、だけども夢にいつも破れていたから、結局貧乏しましたね。私の生家、神《じん》の家は代々お殿様の右筆《ゆうひつ》役をしていたと叔母に聞いたことがありますが、父も床の間に「人間到る処青山あり」って大きく書いた自作の軸をかけてね。よく代筆を頼まれていましたよ。母は生真面目で石橋を叩いて渡るような人だったから、父とは意見が合わなかったの(笑)。

みんなに子煩悩《こぼんのう》だって言われるくらい、子どもの身のまわりのことまでこまごまと気を遣う人でね。戦時中でも、どこからか絹のストッキングを手に入れて私にはかせたり。眼鏡を替えるときは、どんなフレームがいいか一緒に探してくれたり。縁《ふち》なしがいいだろうかとか、葡萄酒色《ぶどうしゅいろ》がいいだろうかとか。自分もお洒落《しゃれ》で、羽二重《はぶたえ》の襦袢《じゅばん》を素肌に着るような人だったの。

お行儀なんかは厳しかったですよ。食事のときでも、きちんと座る。学校から帰ると必ず和服に着替えさせられて、「ぱっと座らないで、ちゃんと裾を持ちなさい」とか、自分でやってみせるんです。立つときも、「ぱっと立たないで」とかね。だけど、本来は私、そういうのは向かないですね。この通りだから。磨くよりも、食べるほう（笑）。父から「食べものに対して講釈しているとバチが当たる。感謝で食べなさい」と常に言い聞かされていたおかげで、好き嫌いはまったくありません。

――お母さまから教えられたことで、いちばん心に残っていることはなんでしょう？

〝母から伝えられたもの〟というテーマで執筆を依頼されたときに、「何をするにもどこでも母のこころでいたら、間違いなく進むのに、なかなかそれもむずかしいことだ」と書きながら、ふとよみがえってきたのが、昭憲《しょうけん》皇太后さまの詠まれた『金剛《こんごう》石《せき》』という御歌《おうた》でした。子どものころから、からだに染み込んでた歌なんですけど、母の子守唄のようにして聞いていたんですね。とっても美しい歌なんです。

金剛石もみがかずば
たまの光はそわざらん
ひとも学びて後《のち》にこそ
まことの徳《とく》はあらわるれ
時計のはりのたえまなく
めぐるがごとくときのまの
光陰惜《ひかげおし》みてはげみなば
いかなる業《わざ》かならざらん

水はうつわにしたがいて
そのさまざまになりぬなり
人は交る友により
よきにあしきになりぬなり
おのれに優《まさ》るよき友を
えらびもとめてもろともに
こころのこまにむちうちて
学《まなび》の道にすすむべし

（『金剛石』／昭憲皇太后御歌）

「時間は矢が飛んでいくようになくなるので大切なんだよ。ぼやぼやしてたらだめなんだから、せっせと動きなさいよ」「友達は選びなさいね」などと母がよく諭していたことは、全部この『金剛石』の中に込められていたんですね。

よくいえば、『金剛石』は、母の子育ての理念であったんだろうと思います。私は八人きょうだいで、今は六人になったんですけど、みんなに、「あんたたち『金剛石』のこと、母さんから聞いた?」って尋ねると、末の妹がいちばんよく覚えていました。晩年にまた母が繰り返し言っていたのでしょう。

私は長女だったし、食べるのも、仕事も、なにをやってもゆっくりだから、特別働き者だった母は心配だったんでしょうね。「時は大事にしなければ二度と帰ってこない。ぼやぼやしないで、さっさとやりなさい」というようなことをよく言っていました。

私は小学校の卒業記念に書かせられた綴り方に、「光陰矢の如し」という題で作文を書いているんですよ。『みんなのお世話になって、勉強して、卒業することになったのでそのご恩を返さなければならないから、ぼやぼやしていられない。一生懸命大人になって恩返しをしたい』って。何十年か経って、先生からその綴り方をかえしてもらい、当時の同級生たちと作文を読み交わしたんですよ。「あんたってば、子どものくせに大人のようなことを書いたんだね。私たちなんかそんな言葉知らなかったよ」とみんなに笑われました。

この歌は、〝学びは良いことです〟ということも教えてくれます。勉強ばかりが学びに思いますけど、生活すべてが学びになる。生活の中から学ぶことは誰にでもできること。生きている限りは生活の中で学べますので、そのようにしてともに歩んでいきたいと思います。

『金剛石』の一節、一節を読むほどに、今こそ私たちはこの歌のように生きていくときだという思いを強くします。最近はあちこちで、『金剛石』のことをよく話すようになりました。この歌は、生涯私の中に残っていくんでないかと思っております。

——教師時代、子どもを指導する上で、いちばん大切にされたことは？

今だったら、とても教職につけるからだではなかったんですけど、戦争で人がいなかったものだから、寝たきりでなければ女性もみんな仕事を与えられていたんです。

最初は学校の事務的な仕事も考えましたが、それだとつきあう人も限られてしまう。短い時間しか残されていないならば、せめて大勢の人の中で生きたい。教師になれば、病気が治らずこの世からいなくなるようなことがあっても、子どもたちのこころの中に生きていける、そう思って教職を選びました。

教師になってからは、常に子どもたちの気持ちを受けたいと思っていましたね。たとえば、体操の時間に、「おなかが痛い」という子がいると、「そんなことないから、やりなさい」って言う教師もいたけれど、私は「病気だって言ってるんだから、ちゃんと休ませればいいいんでないの」って。子どもがなにか話せばよく聴いてやりたい、そんな気持ちでしたね。その当時の教え子の何人かとは、今でもつきあっています。

ご主人とはどこで知り合い、どんなところに惹かれましたか？
親子ほどの年齢差があったそうですが、人目は気になりませんでしたか？

女学校を卒業してから、小学校の教員になったのですが、夫はその小学校の校長をしていました。どんなところに惹かれたかというと、やっぱり活動する姿に惹かれました。

佐藤校長の教育方針は、当時としてはかなり個性的で、戦争で修学旅行ができないときも、青森から八甲田山《はっこうださん》のふもとにあった下湯《しもゆ》温泉まで歩いて修学旅行をしたり、民謡の大切さを説いて、五線譜にして先生方に配ったり。理解されずに非難されることもしばしばでしたが、自分がよいと信じることは、進んで教育に取り入れていました。「劣等生をつくるのは教師の責任だ。芽のあるものは必ず育つ、生きとし生けるものは必ず成長する」というのが口癖でした。

二十六歳の年齢差がありましたが、いくら年が離れていても、求めるのは母のこころじゃないかと思ったんですね。だからそんな気持ちでつきあいました。

人の目は……、そこまでは考えませんでした（笑）。

――結婚の決め手は？　結婚式はどんなふうでしたか？

当時、私はまだ病弱で、縁談も進まずだったので、誰の役にも立てないのではないかと悩んでいました。そんな私に、佐藤校長が結婚を申し込んでくれたんです。佐藤校長には病気で亡くなった妻との間に三人の子どもたちがいたのですが、母親を亡くした子どもたちの慰めになるのであればと、結婚を承諾しました。

実は、前の奥さまが胸の病気で倒れたとき、私はしばしばお見舞いにいって、枕元でお話をしていたんですね。そのころは、胸の病気は伝染するといわれ、お見舞いに行く人もそばに近寄るのをためらっていた時代でしたので、奥さんはたいへん喜んで、子どもたちに私のことをよく話していたそうです。それで、子どもたちの私に対する印象も強かったようで、私たちの結婚を快諾してくれました。

ただ、私の両親は、年齢差を心配して強く反対しました。私は、今は理解されなくても、いつかきっと理解してくれる日が来ると信じ、自分の決意と覚悟をしたためた長い手紙を両親に送ったんですね。その甲斐あって、まず父が結婚を認めてくれ、最後まで反対していた母に、「許さざるを許し、堪え難きを堪えて、娘の結婚を認めてやるのが母親としての務めではないか」と諭してくれました。父のこの言葉は今でもしっかりと胸に刻まれています。

結婚式を挙げたのは昭和十九年五月、敗戦の前年です。灯火管制のもと、佐藤家の二階で結婚式を挙げました。結婚式では、私の実家でつくっていたものを出していましたね。ごくふつうのもの。ごはんに、おつゆに、魚に、おつけもの。母方の祖母の指示で、料理人を二組くらい呼んでつくらせていました。

結婚式が終わったとき、自然と涙があふれて、声をあげて泣いたのを覚えています。

―結婚生活で大切にしたことはなんですか。

受け入れることだと思ってきました。なかなか理想通りにはいきませんでしたが、受け入れることが大事だと思ってきました。

―夫の過ちが許せずにいます。初女さんはそういう経験はないですか。

私の場合は、許したくないけど、許さずにいられないの。思い返すと、そうだったと思います。いつまでも、根に持っていられないというのかな。時が経つに連れて、過去のことはだんだん忘れていくんですよ、私は。

夫はね、お酒の席が大好きで、よく外でも飲んでましたけど、夜遅く、割烹《かっぽう》のお姐《ねえ》さんに送られてくることもしょっちゅうだったんです。それも、夫が私に会わせたいって連れて帰ってくるわけ。私は、送ってきたお姐さんもあたたかく迎えて、おみやげを持たせたりしてたの。すると、夫はまたいい気持ちになって、それを繰り返す（笑）。

夫は再婚だったので、結婚当初から大きい子どもたちがいたんですけど、その子たちが、「母さんは父さんにだまされてるんだ。母さんいなくなりなよ。僕たちがいじめてやるから」って言ってくれて。子どもたちからみれば、夫のわがままに、私がまただまされてる、と映ったんでしょうね。でも、夫は、表面はすごく自由に見えるけど、本当はA型で内気だったの。O型の私のほうが、ぱっと思い切るところがあってね。従順な妻ではなかったね。夫が亡くなってからの私の活動を見て、「母さんは父さんに従ってきただけかと思っていたけど、それだけではないものが秘められてたんだな」って息子が感心してました（笑）。

病気を抱えて出産することに迷いはなかったですか？
また、産後の育児はどのようになさったのでしょうか？

当時、私はとてもからだが弱くて、何人ものお医者さまから、「妊娠を継続すれば母子ともに危険だ」と診断され、強く中絶を勧められました。だけど私には、からだの中から、〝大丈夫だよ〟という声が聞こえていたんですね。だから、お医者さまの診断をどうしても受け入れられなかったの。自分のからだの中からの促《うなが》しに沿って産むことを決意し、無事男の子を授かりました。

産後の育児は、おんぶもできなかったし、抱っこもできなかったし、息子には気の毒なことをしたなあと思います。遠足や運動会も、日光に当たるとからだに負担がかかるので、誰かに頼んで代わりに行ってもらっていました。息子のほうは、「僕ひとりで大丈夫だからいい」と言って、お弁当は友達とそのお母さんと一緒に食べたりしてた。あんまり親を当てにしてなかったね。友達を家に連れてきても、「ここから先はだめだ。母さんが寝てるんだから」と気をつかってくれていました。

そのころ、ひとまわり年の離れた弟の三男も私たちの家に住んでいたので、掃除などを手伝ってくれました。夫は手伝うというほどのことはなかったですね。丈夫な人だから、からだが弱い者の気持ちはわからないの。また特別元気だったから。私が血を吐いたりすると一〜二日くらいはわりと親切なんだけど、あとは知らんぷり。私はなんにも言いませんでしたけど、おもしろくないよね。なんて薄情な人だと思った（笑）。でも、最期のころには気がついたみたいですよ。「看病というのはこういうものなんだ、自分は元気だったから知らなかったけど今わかった」と言っていました。

理解したんだなと思いました。

——戦時中、どんな暮らしをなさっていましたか？　また、戦争が終わったとき、いちばんに思ったことはなんでしたか？

私が十六歳のとき、昭和十二年に盧溝橋《ろこうきょう》事件が始まって、それからだんだん戦争が深くなっていきました。

宣教師は拘束されたり、強制送還されたりして、カトリック教会は日本人の司祭も少ないのでお休みになっていました。すごかったんですよ、私が通っていた女学校もミッションスクールだったから、憲兵たちが土足で上がってくるの。スパイ容疑をかけられて、シスターたちは出歩けないから食べることもままならない。私が東京に出かけたとき、食パンを二斤買ってきて届けたこともありました。心配で心配でね。

学校でも、授業時間以外はシスターと言葉を交わせなくて、廊下でもただすれ違うだけ。職員室に行くときも用が終わればすぐに出て行かないといけなくて。修道院に出入りすることもできなかったんです。私は、誰もいないときを見計らって裏口からすーっと修道院に入っててね。お祈りのことをお勉強したの。それも特高に伝わって、特高のブラックリストにのっていたそうです。両親や祖母からも、「教会に行かなくても、日本にはちゃんと仏教があるんだから」と反対されて。「行ってないよ」って言うんだけど、「行ってないって言って、行ってるんでないか?」って疑われて（笑）。だからおつかいに行って、その間に修道院にこっそり寄るんです。それは苦労だった。

昭和十六年に太平洋戦争が勃発《ぼつぱつ》したころには、青森市内の小学校で教師をしていました。文部省から、「アメリカが悪いと指導するように」と言われてとっても嫌だった。米鬼《べいき》と思えと。理由もろくにわからないのにね。生徒には、勝つまではがんばろうとは言っていましたが、アメリカが悪いとは言いませんでした。

空襲の前日には、「明日ここが襲撃されるから逃げなさい」って飛行機からビラが落ちてきてね。わーっとみんな騒ぐでしょ。あんまり騒ぐから、今度は「来ない」ってビラがまかれて、でもやっぱり来たのね。その中を逃げて歩いたんですよ。「防空壕に早く入りなさい」と言われて防空壕に逃げて。でも「そこもダメだから早くここから出て逃げなさい」って言われて。町中、人、人、人で、その中を退避していくときのつらさね。うちの隣に出征軍人の奥さんがいて、五歳と三歳くらいの子どもがいてね。私は病気で動けないくらいだったんだけど、それでも大きいほうのぼっちゃんをおんぶしたんですよ。そういうときには力が出るんですね。そのとき、田舎のおばあちゃんもうちに泊まっていたので、私は隣の子をおんぶして、おばあちゃんを引っ張って逃げたんです。途中、田んぼがあったので、みんなでその中に入って息を殺してじっとしゃがんでいました。田んぼには水がいっぱい入っているから、爆弾が落ちても免れるかもしれないって言われていたんですよ。

敗戦になったら、「敵軍が上陸してくるから気をつけなさい」って指令が出てね。女の人は特に注意しろって。そう言われれば、みんなそう思いますよ。私は、「あちらもキリスト教国だからそんなことはないよ」って言ったんですけど、「いや、おっかないから、道路をひとりで歩くな」とか、「夜は外出禁止」とか言われて。でも、やっぱりそういうことはなかったですよ。

戦争に勝てるとも思っていませんでした。だから、敗戦を知ったときは、日本があんなに意地を張って戦ったところで、やっぱりダメだったんだなと思いました。これから私たちは生き直さなくちゃいけないんだと思いましたね。

――戦時中にはどんなものを食べていましたか？

戦争中の料理は保存食ですね。逃げるときもすぐに持っていけるような大豆とか、豆類です。あとは梅干しとか、するめとか。お米なんて宝物で、お米が少し手に入ると、大根を米粒のように刻んでまぜて炊くとか。大根の代わりにお芋が入るのなんて最高に贅沢《ぜいたく》でしたよ。玄米が手に入ったりすると、精米のため一升びんに詰めて、その口から太い棒を入れてついたの。敗戦後もそれはよくやっていましたね。食材がないから、いつもおなかがすいていましたよ。だから今でも食材は大事に使っています。

今の三十〜四十代のお母さんたちは、そういうこともなにも知らないし、その母親の世代もはっきりしたことはわからない。だからやっぱり私たちの世代が、正しく希望を持つように戦争体験を伝えていかなくてはいけないと思うんです。そして、今の時代をどう生きるか、みんなで考え直していかなくてはいけないと思っています。

――染色の先生をしていたそうですが、どんな染め物をしていたのですか。

ろうけつ染めです。私の娘時代には、今のような化学染料はなくて、すべて草木染めで、その奥ゆかしい美しさにとっても惹かれたんです。そのころは、たいへんな高級品で、自分で手に入れることもできなかったけれど、見るだけでも楽しかったから、デパートの特別コーナーに飾られているのを学校の帰りに寄ってひとりで眺めて満足していました。

きれいだなと思って眺めていて、自分でやれるなんて思わなかったけれど、女学校三年のとき、染色の授業があったんです。絞り染めとか板染めとかいろんな手法の染色を学べるのですが、いちばん最後の科目がろうけつ染めだったの。それで、その日が来るのを本当に楽しみにしてたのに、ちょうど病気になって、染色の授業は受けられなかったんですよ。

その後は、戦争になってお稽古ごとなんてできなかったし、からだの弱い自分にはそんな高等な技術は習得できないだろうとあきらめかけていました。それが敗戦後、弘前に移住してからのこと、夫の親友の日本画の先生に、京都から疎開してきたろうけつ染めの先生の知り合いがいることがわかったんです。それを聞いた翌日、早速、そのろうけつ染めの先生、吉崎清さんのもとを訪ねて、弟子入りをしました。三十歳のころでした。

基礎技術は吉崎先生に習って、あとはいろいろと試行錯誤を重ね、発見しながら染めを続けていました。デザインはすべて自分で考えていたし、色は単色で使わず、自分の求める色ができるまで調合していましたね。失敗も多かったですよ。まだやり始めのころにね、注文してくれる人があって、「岩木山を描いてください」って言うから、はいはいって描いて、展覧会に飾ったんですよ。そしたら、青森の人に「これは岩木山でないね」って言われて（笑）。そのときは、恥ずかしいやらなにやらで。

昭和三十二、三年ころ、私の染めが弘前の物産として選ばれたこともありました。まずたいした作品でないけれど、みんな戦争で物を失ったときだったからね。各県で物産展が盛んに開催されていて、バッグ、草履、帯締、ネクタイ、いろんな物を染めましたよ。出品した以上は、現場にいかなきゃいけないから全国をとびまわっていました。そのころから、私の作品を見て、習いたいという人もだんだんと増えてきたので、なりゆきで週に一回、自宅で染色教室も開くようになって。全国から注文もくるし、すごく働いていましたね。

夫は、「人は人で磨かれるから、人の中に入らなきゃだめだ」という考えで、私の仕事を応援してくれていました。私の染めたネクタイなんかも気に入ってよくつけてたね。

ろうけつ染めは、作品に作り手のこころが直接表れます。急いだり、不安があったり、手を抜いたりしたものは、すぐにわかるんですよ。真に美しい作品は、染めることの純粋な喜びが生み出すと思います。染めはこころの表現です。今は忙しくなって、染色をする時間がありませんが、食もまたこころでつくるものだと思っております。


―キリスト教に入信したきっかけはなんですか？


誰かに誘われたわけでもなく、幼児洗礼を受けたわけでもないんですよ。思い起こせば、幼き日に耳にした鐘の音が、私を神さまへと導いてくれたように思います。

始まりは五歳のころ、青森の祖母の家で聞いた教会の鐘の音でした。毎日、朝の六時と正午、夕方六時にどこからか鐘の音が聞こえてきたんです。朝早く、布団の中で聞いた美しい鐘の音はどこか神秘的で、子ども心に不思議な感じがしたものです。

「あの鐘は耶蘇《やそ》（カトリック教会）で鳴っているんだよ」

祖母からそう聞いて、自分の目で確かめたくなった私は、いとこと手をつないで、鐘の音を頼りに耶蘇に向かって歩き出しました。けれども、やっとの思いで辿りついたときは、鐘の音はやんでいて、教会はしんと静まり返っていて。中から誰か声をかけてくれないかしら、としばらく教会の前にたたずんでいましたが、呼び入れてくれる人はいませんでした。それから何度か足を運びましたが、教会の門はいつも固く閉ざされていてね。教会の建物は異国風で、レンガの塀の向こうには、赤や黄色の花が咲き誇っていたのを鮮明に覚えています。その光景は、幼い私の目にはまるで天国のようで、ますます鐘の音の向こう側の、神秘の扉を開いてみたいという気持ちが高まりました。

祖母や母は、私が教会に行くことを好まなかったの。でも私は、小学校時代は救世軍のあとをついて歩いたり、こっそり日曜学校にも通いました。女学校は両親に頼んでミッションスクールに通わせてもらうことができたので、卒業したらすぐに洗礼を受けたいと思っていました。

ところが戦争で、外国人である神父さまやシスターは帰国を余儀なくされ、受洗はかないませんでした。戦後の混乱期は教会に行くゆとりもなく、結局、私が洗礼を受けられたのは、結婚し、息子を授かってからのことです。出産したものの、息子が幼稚園に入るころまでは、寝ていることが多かったので、私がいなくなっても神さまと結ばれていれば安心だろうと思って、息子を連れて教会に通い、一緒に洗礼を受けました。

私の霊名は〈テレジア〉。病に蝕《むしば》まれ、血を吐きながらも、神さまへの祈りと隣人への愛にすべてを注ぎ、若くして亡くなった修道女です。女学校時代に学校の静養室で休んでいたとき、シスターが枕元に置いてくれたテレジアの自叙伝『小さき花のテレジア』を読み、たいへん感銘を受け、いつかクリスチャンになることができたらテレジアの霊名をいただきたいと胸に秘めていたんです。受洗から何年か後に知ったのですが、テレジアの祝日は私の誕生日と同じ日でした。驚きとともに、改めて求道への思いを深くしました。

人のために何かしたいと思っても、いざ実行しようとすると、なかなかパワーがでません。初女さんの場合は信仰が土台にあって、それが力になっているのでしょうか?

今の活動は、べつにクリスチャンだから行っているということではないですね。強い動機があったとか、私がやりたかったから、ということでもなかったんですよ。毎日、毎日の生活の中から積み重なって、今のような形になっていったんです。

私はからだが弱くて子どもをひとりしか産めなかったので、三人も四人も育てている人にくらべて、楽をしてきたんでないかなという思いがあって、なにか人の役に立つことができないかと思っていました。教会のこととか、学校のこととか、ろうけつ染めの教室とか、いろいろやっているうちに、人も集まってきて、集まってくると、みな自分のことも話したくなってくるので、自然に話をしていたんです。それが伝わって全国から人が来るようになり、家も狭くなったので今のような形になりました。
そのころからずっと、やっていることは変わりません。ですから、よく「何年活動を続けていますか」と質問されるのですが、いつもおこたえに困るんですよ。あるときスタッフに「半世紀以上って言えばいい」と言われたので、今はそうおこたえしています。
なんの決まりもなくて、自由に、時間だけ調整して、みなさんとお会いしています。

―初女さんは怠けたり、ぐうたらされることはまったくないのですか。

私は怠けるのは嫌いなんですよ。けれども、できなくてやらないことが、怠けているように見られていることはあるかもしれない。それはわからないけど、とにかく怠けるのは嫌いなの。

―映画『地球交響曲　第二番』に出演することになったいきさつは?

最初は龍村監督の事務所から電話が入りまして「ぜひ会いにいきたい」ということだったんです。どなたに対しても「なんのご用でいらっしゃるんですか?」とか「どういう方ですか?」ということは訊かないで、お会いしてから直接私がうかがうようにしているので、そのときも、なにも訊かずに「どうぞ」とお返事しました。ちょうど前の年に森のイスキアができていたので「その見学でない?」と、スタッフが言うので、そうかしらねって言ってたんです。

三日後、監督と助監督が弘前まで訪ねてみえたので、すぐに森のほうにご案内しました。早い夕食をとりながら、『地球交響曲　第一番』を撮ったときの苦労や、出演者との不思議な出あいについて耳を傾けました。そして第二番を撮るにあたっては、食について撮影したいと考えているとおっしゃって。でも、「食は聖なる営みであると同時に、俗なる営みでもある。だから食ぐらい映像にするのにむずかしいものはないんですよ。何人かの人に会ってみたけれど、なかなか決まりません」ということだったんですね。私のところへは、おむすびを食べて自殺を思いとどまった青年がいるという話を本で読んだので、これはどうしたことだろうと思って、訪ねて来ましたってことでした。

二時間くらいそんなお話をしていたでしょうか。突然、監督が「あの、僕、決断しますので、この次の撮影に出演してください。この建物を拠点にして撮らせてくださいい」とおっしゃったんですよ。私は、これは誰かに相談することでもないと思って、すぐに「お手伝いします」とおこたえしました。

そんなふうに即答できたのも、監督とは、お会いしてすぐ、とても通じ合うものを感じていたからです。たとえば、「『面倒くさい』という言葉が嫌いなんですよ」というと、監督も「同感です。面倒くさいことが嫌だから、なんでも簡単にすませてしまうという発想が、地球を汚染し、破壊しているんですよ」と大きくうなずく。また、なにかの話の流れで「社会で活躍している人でも、女性であっても、男性であっても、等しく求めてることは母性愛でないかと感じています」と言うと、「この映画のテーマもそうですし、地球そのものが母なる存在なんです」とたいへん強く賛同してくださったり。それまでも、いろんな人に同じことを話していたのですが、軽く流されているように感じていたので、監督の打てば響くような反応がとってもうれしくてね。「今生きている私たちが未来に向かってなにを考えているか、なにを想像しているかということから、地球の未来が変わってくる」とおっしゃったことにも、たいへん共感いたしました。

交わした言葉は少なかったけれど、監督との会話は、なにひとつ違和感がなくすべてがぴたりと一致しました。だから、確信を持って、その場ですぐおこたえできたんですよ。スタッフの方たちのためにおいしい料理をつくり、その喜びが映画の成功につながれば、という思いでお引き受けしました。

ただそれだけのお約束で、なんの打ち合わせもせず、一週間後にはスタッフが十名到着して撮影に入りました。すでにダライ・ラマやジャック・マイヨール、フランク・ドレイク博士は撮り終わっていて、私がいちばん最後の撮影でした。一九九四年三月から始まって延べにして八カ月、ロケ五回で撮ったんです。

私はそういうことの体験もないし、なにもわからない。それでも、監督がまず指導してくださって撮ってくれるんでしょう、と思ってたの。そしたら、そんなことは全然なくて、なんにもおっしゃらない。長い浜辺を歩くところは、望遠レンズが見えなくなるくらい遠くにあって、どこを見て歩けばいいのか、全然わからないので、昔、浜辺で遊んだことを思い出しながら、貝殻を拾ってみたり、波打ち際を歩いてみたりして。あんまり長いので、助手の方に「監督がなんにもおっしゃらないんですけど」って訊いたら、「いいから黙ってるんだと思いますよ」って。そんなふうにただ動くままに、緊張も気負いもなく撮っていただきました。

監督のインタビューにも、その場その場で直感のようにこたえていったんですよ。完成した映像をみて、よくまあ、あんなふうにすっとこたえられたなあと我ながら感心しました（笑）。直感というのは突然ぱっと出てくるものではなくて、日頃の蓄積が、必要なときにぱっと出てくるんだそうです。人とお話しするときはちゃんとこころとこころを通わせて、大事なことを聞いたら、ちゃんと自分の中に蓄積しておくように心がけてきましたが、それがいかされたのではないでしょうか。

監督は私との出あいは電撃的だったとおっしゃってくれますが、通じ合える方との出あいは本当に電撃的で運命的です。今初めて出あっているように見えても、辿っていくと全部つながって見えます。そう考えると、ひとつひとつの出あいに意味がある。出あいほど尊いものはないとつくづく実感します。

――映画のときも今も全然お変わりなく、お肌がつやつやしてお美しいのに驚きました。その美しさの秘訣と、エネルギッシュに活動されているパワーの源はなんですか？

変わらない、ですか？　魅力があるとは思いがたいので、なんとこたえたらいいでしょう。ありがとうございます。私は昔からノーメイクなんですよ。顔に塗ったりするのはダメだと父親から禁じられていたの。だけど、「肌はこころだからよくしなきゃだめだ」とも言われて、うぐいすの糞《ふん》やぬかで手入れすれば肌がよくなるっていうから、十五〜十六歳のころは、それを袋に入れて一生懸命磨きましたね。今は、特になにもしていません。化粧品もいろいろいただくのだけど、つけるのを忘れてしまうの。封を開けるのをためらっているうちに、どんどんたまっていって、本当に申し訳ないと思うけれど。
魅力はともかく、食べるからエネルギーはありますね。年齢のわりに、若い人と一緒に同じように食べているんですよ。好き嫌いがないから、若い人が食べているようなものも食べるし。ただ偏らないようには気をつけています。やっぱり食べることが元気の素かも。元気といっても、かろうじて元気なんですけどね（笑）。

――毎日、人に人生を捧げていると、自分の時間が欲しくなったり、自由になりたいと思いませんか？

私もたびたび悩んだり迷ったりしていますけど、それを切ってしまわないで、苦しいときにはその苦しみをじゅうぶん受けるようにしています。中途半端に頭で考えて自分で解決しようとしないで、苦しむときはじゅうぶんに苦しみます。自分の頭の中で考えたことは、現実にはそのようにいかないことが多いんですね。だからとことん苦しんで苦しんで、自分の力ではどうにもならないときに、おまかせの状態になるんです。そのときに、苦しみから這い出していくように思います。
苦しみから這い出していくときには、自分で好きなものをやるんですよ。私は〝手のこと〟をやります。料理や裁縫や、それも、そのときいちばん手数のかかるものを向き合ってやっていきます。すると自然にそちらにこころが集中するので、いつの間にか苦しみがうすくなっていくんです。やっとそこから抜け出したときには、また次の苦しみがやってきますけどね。でも、それを繰り返しているうちに、繰り返し方がだんだん上手になってくるように思います。
自分の時間が欲しいなあとも思います。ただ、奉仕活動は、神さまのために捧げる時間だと思っているので、〝神さまは私にまた必ずそのような時間をくださいます〟と考えています。

――後悔していることはありますか？

シンガポールの大学で講演をしたとき、「後悔したことはありますか？」と訊かれました。私は「そうですね、今を生きることにしていますのであまり浮かんでこないですね」とおこたえしました。でもそれを通訳してもらっているあいだにふと思い浮かんで「こんなときにちゃんと言葉のお勉強をしておけばよかったのにと、今それを後悔してます」と言い添えました。

―いちばん好きな言葉はなんですか?

いちばん好きな言葉は〝感謝〟ですね。「ありがとうございます」とか「ごめんなさい」という言葉が多く使われているところには平和があると聞いたこともあります。

―日々大切に思うことをひとつ教えてください。

今を生きることです。

——明日、世界が終わるとしたら何を食べたいですか？

これは料理というよりも、ごはんを食べたいと思います。終末期を迎える人の多くが、「ごはんを食べたい」「おむすびを食べたい」と言うんですよ。日本人はお米で生きてきたから、そういうこころになるのではないかと思いますし、私も最期はやっぱりごはんを食べたくなるんでないかと思います。

——どのようなことにもっとも喜びを感じますか？

私は通じ合える人に出あったときが、いちばんうれしいです。通じないくらい淋《さび》しいことはないですね。ですから、通じ合う人に会ったときがいちばんの喜びです。通じ合える人はすぐわかります。

森のイスキアに鐘を寄贈してくださった、アメリカのレジナ・ラウデス修道院の創立者、マザー・ベネディクト院長さまとの出あいもそうでした。本当は、一九九九年の秋、鐘を贈ってくださったお礼とご報告のため、有志とともにレジナ・ラウデス修道院を訪れる予定だったのですが、出発直前に体調を崩したため、私は参加することができませんでした。それでも、『地球交響曲　第二番』の英語版をご覧になった院長さまは、イスキアの活動にとても共感されて、

「初女さんに会いに日本に行きたい。五十年前にレジナ・ラウデスを創設したとき以来の強い促しを感じます」

とおっしゃってくださったのです。修道院長が修道院を留守にすることは、戒律の厳しいベネディクト会派にとっては考えられないことでした。ましてや、遠い異国の日本の一信徒への訪問は、カトリック教会としても前例のないことだったんですね。

しかし、たくさんの方々が管区長や大司教などの許可を得るために奔走してくださり、二〇〇〇年五月十一日、マザー・ベネディクト院長さまが、森のイスキアをお訪ねくださいました。

森のイスキアに到着された院長さまは、じっとイスキアの小さな家を眺められたあと、私の目をみつめて、「あなたは苦しみましたね」とおっしゃいました。

「わかりますか?」と尋ねると、

「わかります。私も苦しみました」

そう、ゆっくりとした口調でおっしゃいました。

そのとき、院長さま数えで九十歳。車椅子を使われているにもかかわらず、イスキアの階段を、手すりにつかまりながらひとりで上られて、

「私には勇気がありますから大丈夫です」と微笑まれた。

そんなふとした言葉や行動にも、とても通じるものを感じました。言葉を超えて、こころとこころで通じ合っていたと思います。お食事もふだん通りの料理でおもてなしをしたところ、「一食が一日分あるようです」とおっしゃりながらも、全部お召し上がりになり、イスキアの温泉を楽しまれ、朝までぐっすりお休みになりました。

贈っていただいた鐘を「ふたりで鳴らしたい」と強く希望してくださり、一緒に打てたことは、素晴らしい体験でした。あのときの鐘の音は、今も私のこころの中で美しく響いています。

第三章　おむすびの祈り

『地球交響曲《ガイアシンフォニー》　第二番』が上映されると、「初女さんのおむすびをぜひ食べてみたい」というお手紙やお電話が続々と寄せられ、講演だけでなく、おむすびのつくり方も教えてほしいという要望もあちこちからいただくようになりました。

今でも、イスキアを訪れる人は必ず「おむすびをつくってください」とおっしゃるので、おむすびをにぎらない日はほとんどありません。その一個一個のおむすびに、こころを尽くす。そのこころが食べる人に伝わって、おいしいと感じられ、生きる力を与えてくれるのでしょう。おむすびをにぎるたび、〝食はいのち〟ということをつくづく感じさせられます。

おむすびが、食といのちを考えるきっかけになってくれればと祈りながら、今日もまた、おむすびをにぎっています。

丸いおむすび

　私のおむすびは丸い形をしています。どうして丸いのですか？　と必ず訊かれますが、三角形ににぎれないいんですよ。何回にぎっても丸くなるので、今はもうあきらめました（笑）。

　おむすびの形は、丸でも三角でもいいんです。大切なことは、そこに魂が入っていること。こころを尽くしてにぎれば、どんな形のおむすびでもおいしいはずです。

　ただ、これが意外にむずかしいんですね。つくり方はいたって単純で、たいへん簡単なようでいて、そうでない。お米を洗うところから始まって、どの工程においてもこころを離せない。素朴な食べものだからこそ、つくった人の心持ちがはっきりとわかってしまうのだと思います。

　おいしいおむすびをつくるためにいちばん大切なことは、ごはんをふっくらおいしく炊くことです。おいしく炊くにはどうすればいいか、まずそこから考えなくてはいけません。

祈るように洗う

お米の洗い方もいろいろなやり方があるようですが、私は、水を流したまま、合わせた両手の間にお米をはさんで、やさしく擦り合わせて洗います。お祈りをするときのように合わせた手の中で、小さなお米がくるくると踊るように回転し、きれいになっていくのをみると、いつも清々しい気持ちになります。お米をお釜にすりつけてぎゅっぎゅっと洗う、いわゆる〝研ぐ〟という洗い方ですと、余計な力がかかってしまって、お米の粒が割れて、とても痛々しい感じがします。今は精米の技術もよいので、研ぐほどに強く洗う必要はありません。お米のいのちを生かすように、やさしく丁寧に洗ってあげてください。

お水が濁《にご》ったら、一粒もこぼさないように、てのひらでかばいながらそーっと水切りをします。それでもお米がこぼれてしまったら、必ず拾ってくださいね。昔の人は、お米の一粒一粒に八十八の神さまがいらっしゃるといって、一粒たりとて決して無駄にはしなかったものです。

お水が濁らなくなるまで洗ったら、三十分ほど水に浸しておきます。三十分より長すぎても短すぎても、おいしく炊けません。不思議なんですけど、私の長年の経験ではそうなんですね。

お米が望む水加減

水加減は、お米の種類や古いか新しいかによって変わってきます。炊飯器には目盛りがついていますが、〝お米何合に対して水何カップ〟と一律に決められるものではありません。

私は、水に浸したお米をつまみ上げて、水の含み具合をじっと観察します。おむすびには、ややかための炊き加減がいいので、米粒の七割がたが白くなっていればじゅうぶんです。透明な部分が残っていれば吸水が足りないので少し水を足し、白色が濃くなったときは水の量を減らします。微妙なことですが、毎日観察していればわかるようになってきますよ。

人と接するとき、その人が今いちばん望んでいることはなんだろうと考えますが、ごはんを炊くときも同じで、お米の気持ちに寄り添って、そのお米にいちばん合った水加減にしたいと思っています。

炊きあがりを見るときは、いつもどきどきします。ほわっと湯気が上がり、つやつや輝くお米の粒を確認するとほっと安堵《あんど》し、こころが浮き立ちます。おいしく炊きあがったときのごはんは、真ん中がこんもりと盛り上がっているんですよ。

いのちをいただく

以前、大阪のお米問屋さんからごはんについて百文字でコメントを求められたことがあります。ふと思いついて、毎朝炊きたてのごはんを見て感じていることを書いてみました。書き上がったら、一篇の詩になっていて、ぴったり百文字だったの。

「いのちをいただく」というタイトルをつけました。

お米に対するエチケット

炊きあがったごはんは、しゃもじを立てて切るようにして、空気を含ませながらや

いのちをいただく

今朝もふっくらおいしそうに
炊き上った
ごはんが輝いている
一粒一粒が呼吸している
毎日はおろか何十年も
食べているのに飽きもせず
食べるたび新鮮な氣持で
味わえる幸せを
かみしめ今日も感謝で生きる

佐藤初女

さしくほぐします。がっがっとしゃもじでかき回すと、せっかくおいしく炊けたごはんが圧《お》しつぶされてしまうので気をつけてください。

炊きたてのごはんは熱くてにぎれませんから、大きさをそろえる意味でも、いったん器に盛ります。私の場合は、ごはん茶碗ではなく、浅めの小鉢を使っています。自分の手の大きさに合わせた器を選ぶといいですね。ごはんを器によそうときは、決してごはんをつぶさぬように、上のほうからしゃもじですっすっとそぐようにすくって、少しずつ器に盛っていきます。ふんわりと盛り、上が平らになるようにそっとならしてください。

これらは、お米に対するエチケットのようなもの。お米の一粒一粒が生きていると思ったら、決して雑な扱いはできないはずです。

器に盛ったごはんは、ぬれ布巾で拭《ふ》いたまな板の上にあけて、ごはんの小山をつくっていきます。五つほどつくると、最初のひとつのあら熱がとれて、ちょうどにぎりやすくなります。続いて、ごはんの真ん中に、ちょんちょんと具を置いていきます。

おむすびには梅干し

おむすびの具材は、私の場合、自家製の梅干しを入れることがほとんどです。ほどよい酸味と塩気が、お米本来の甘さとよく合って、食欲を増進させます。

梅干しの講習会もしてほしいとよく言われるのですが、時期やお天気がありますし、その年の梅に合わせてつくり方を変えるので、これはちょっとむずかしいんですね。ここでは、基本的なつくり方をご紹介します。

梅雨明けを待って、森のイスキアの梅干しづくりが始まります。一昼夜、真水にさらしてアク抜きした青梅を、二、三日塩水に漬けます。このとき、紫蘇《しそ》の葉っぱも一緒に入れて色づけをします。

塩水に漬けた梅がしんなりしたら、陽当たりがよく、風通しのいい場所で天日干しをします。朝日が出るころ、塩水の樽《たる》から出して、重ならないように、ひとつひとつ丁寧に並べ、ときどき上下をひっくり返す。陽射しに合わせて、干す場所も変える。

日が暮れるころには、また樽に戻します。通常、三日三晩干せばいいといわれますが、私は梅とお天気の状態を見ながら十日くらい干します。

梅にふっくらとしたシワが寄ってきたら、干すのを終え、塩水の樽に戻します。赤くきれいな色をつけるため、紫蘇を新しいものと入れ替えます。よく、「どうしたら、あのように鮮やかな赤色をだせるのですか？」と質問されるのですが、真っ赤な梅干しにするには、このように紫蘇の葉っぱを多く使うのがコツです。一カ月ほどで食べられるようになりますが、味を見ながら塩加減を調節していきます。

ある年、梅干しがとてもすっぱく仕上がったときがあります。砂糖や蜂蜜を入れてみましたがダメで。そのときはたと気づいたのは、ものが腐るときには酸味を発するということ。そこで、腐敗を止める力を持っている塩を使ってみたら、酸味がぴたりと抑えられ、おいしい梅干しになりました。近頃の梅干しは、お塩の量を減らして、代わりに蜂蜜や砂糖、おかか、酢などを加えているものが多いようですが、私が使うのは天然塩のみ。自然のままのお塩は、どんな調味料よりも深い風味を生み出してくれます。

おむすびに入れるときは、一粒を三つくらいにちぎって種をとり、大きさを揃えて準備しておきます。

一粒一粒が呼吸できるように

おむすびをにぎる前には、両手に水をつけて、よく水滴を切り、指先で塩をつまんで、てのひらにまんべんなくなじませておきます。そして、お米がぽろぽろとくずれてこない程度にふんわりと、やさしく圧をかけてにぎります。

おむすびをにぎるときの力加減を考えるようになったきっかけは、姪《めい》のひとことです。二十年ほど前、大学入試で姪がうちに泊まっていたときのこと、おむすびをお弁当にしたいと言うので、「はいはい」ってにぎって持たしてやったんですね。ところが、帰宅した姪に、「おばさん、あんなにかたくおむすびをにぎったら、おいしくないよ」と注意を受けたんですよ。おむすびくらい、と簡単に考えていた自分がとっても恥ずかしくなりました。

それからはやわらかくにぎるように気をつけましたが、形がくずれてしまってうまくつくれません。ずいぶん試行錯誤しましたが、ごはんを少しかために炊いて、〃お米の一粒一粒が呼吸できるくらいに〃という気持ちでにぎると、ちょうどいい力加減になって形もくずれず、おいしくにぎれることがわかってきました。

たなごころの温もり

もうひとつ、私がおむすびをにぎるときに実践しているのは、たなごころを使うことです。指を使ってにぎると、つい力が入り過ぎてしまうんですよ。実は、私は無意識のうちにそのようにしていたのですが、沖縄の竹富島《たけとみじま》でおむすび講習会を行ったとき、東京から参加していた著名な整体の先生に、「初女先生のおむすびのおいしさの秘訣は、たなごころなんですね」とご指摘を受けたのです。そのとき、会場には三十人ほどの主婦の方がいましたが、たなごころを使ってにぎっている人は誰ひとりいなかったそうです。

「てのひらからは〃気〃がでますから、それがお米にも伝わっておいしくなるんですよ」という整体の先生の言葉には、深く納得するものがありました。

たなごころでにぎられたおむすびは、食べたときに、一粒一粒がほろほろっとほどけていきます。人の温もりがこもっていて、こころまで満たしてくれます。コンビニやスーパーでは、機械で大量につくられたおむすびが売られていますが、やっぱりどこか味気ない気がします。便利な今の世の中では、〝手をかける〟ことも少なくなりましたが、〝手〟を通じて伝わることはたくさんあると思います。

余分な水は使わない

みなさんに驚かれるのですが、二つ目からは手に水をつけないでにぎります。必要以上に水を使わなければ、時間が経っても味が変わらないんですね。「ごはん粒が手にくっつきませんか」とよく訊かれますが、五つにぎっても大丈夫。五個以上になると、手に熱がこもって水分が足りなくなるので、最初に戻って手をぬらします。

水を使わないやり方を知ったのは、三十代のころ、盲腸で入院したときです。私の隣のベッドには小学校の先生が入院していて、先生には小学四年生になるお嬢ちゃんがいました。あるとき、見舞いにやってきたお嬢ちゃんが「明日、遠足だよ」というので、先生は幼い娘におむすびのにぎり方を一から教え始めました。先生のやさしく諭すような教え方に惹かれて、私もじっと耳を澄ませていたんですけど、「水は使うんでないいんだよ」と言うので、たいへん驚いたんです。あとで先生に訊いてみると、塩をなじませた両手にごはんをのせると、ごはんの熱で塩がとけるから水はいらないのだということでした。

退院してから、早速やってみましたが、これがなかなかうまくいかなくて。いろいろ試してみて、最初の一個目をにぎるときだけ水をつけるという今のやり方に落ち着きましたが、そこに行き着くまでにはずいぶん長いことかかりました。

丸いおむすびに真四角の海苔

にぎったおむすびは、焼き海苔でくるみます。食べたときにパリッとかみ切れるように、なるべく薄い海苔を選んでいます。二枚の海苔でまんべんなくおむすびをおおっておけば、おむすびが割れてくることはありません。

海苔はあらかじめ正方形に切っておきます。海苔の大きさは製品によって微妙に違いますが、長いほうの端を二センチほど切って、二つ折りにして切り離せば、正方形の海苔が四枚できあがります。海苔をおむすびの大きさに合わせて切っておくことも、やはり人から教わったことでした。

私の家には人がよく集まりますが、そんなときはみんなで手軽に食べられるおむすびを必ずつくっておきます。あるとき、お手伝いに来てくれた人から「今日のおむすびの大きさはどれくらいですか？」と訊かれ、「普通ですよ」とこたえました。ところがその人は納得せず、「普通ってどれくらい？」と重ねて訊いてくるのです。なぜそんなに訊くのか問うてみると、おむすびの大きさにちょうど合うサイズに、海苔を裁断したいということだったんですね。そこで私もまた教えられて、以来、海苔のサイズにも気を配るようになりました。

おむすびの宅配便

おむすびに海苔を巻くときは、まず手を洗って、よく水気を拭き取っておきます。小さいことのようですが、こういう細かい心配りがおいしさを左右するんです。

まず一枚海苔をとって、おむすびの形にあわせて四隅をくっつけて、上から包み込みます。反対側も同様にして、海苔が上下互い違いになるようぴったりと貼っていきます。ごはんに海苔をなじませるように、やさしくにぎって、形を整えたら出来上がり。タオルを敷いたざるにのせ、上からもタオルをかぶせておきます。生地のループが空気を抱き、乾燥を防ぐとともに、余分な水分を吸い取ってくれるので、時間が経ってもおいしく食べられますよ。

お弁当のときも、ハンドタオルでくるむことをおすすめします。私は、病気の方などに、宅配便でおむすびを送ることもありますが、タオルの包みを開けると、ちょうどいい具合に海苔がしっとりして、一日経っていてもおいしいと言ってくださいます。

ラップやアルミホイルでおむすびをくるむ人も多いようですが、お米が呼吸できず、汗をかきながら苦しんでいるように感じてしまいます。熱がこもってベチャベチャになり、おいしさも損ないます。

タクシー運転手さんとおむすび

もともとおむすびは、冷蔵庫のない時代からの携帯食でした。私自身、講演などで移動時間が長いときは、おむすびをタオルにくるんで持ち歩きます。

ある日、朝早く出掛けるので、おむすびを二個にぎってタクシーに乗りました。運転手さんに、朝ごはんを食べたかと尋ねると、まだだったので、「一個ずつ食べましょう」と言っておむすびをさしあげたんです。すると、「おにぎりだなあ」ってしみじみつぶやいた運転手さんの口調がどこか淋しそうだったの。それから一カ月後、北海道での講演から戻って、青森空港からタクシーに乗ったら、あのときの運転手さんでした。「今日はどこへ行ってきました？」と訊くので、稚内《わつかない》に行って来たとこたえると、稚内の地理や地元の温泉までよーく知っているんです。ずいぶん北海道に詳しいですねと感心していると、運転手さんの物語が始まりました。

――自分は三人きょうだいの三番目で、六歳のときに、お母さんを亡くした。お父さんが後添えを迎えたら、三人子どもを連れてきたので、自分はここにいるものではないと思って、中学になってから、網走《あばしり》のおじいさんのところへ移り住み、中学を出てすぐに大人の中に入って働いてきた。親とは縁が薄かったけれども、この間、おむすびを見たときに、久しぶりにお母さんを思い出した——。青森空港から弘前の自宅までの一時間くらいの間に、そんな話をしてくれて、そしてしみじみ言ったの。「この間のおにぎりうめがったなあ」って。

お母さんやおばあさんを思い出して涙する人、人生の最期におむすびを恋う人……、たった一個のおむすびから、いろいろな物語が生まれてきます。こころになにか問題を抱えた人や、病気で余命いくばくもないような人でも、おむすびを食べると元気になってくる。こんなにも私たちのこころに根づいているおむすびは、日本人のこころのふるさとではないかと思います。

おむすびで結ばれる

亡くなられた心理学者の河合隼雄《はやお》先生がイスキアにいらっしゃったとき、「おむすびは日本の文化だ」とおっしゃっていました。外国にもお米はあるけれど、パラパラして手からこぼれ落ちてにぎれない。日本のお米は粘りがあるから、お米とお米がちゃんと〝結ばれる〟。日本では昔から、お餅をつくって神様にそなえたりするけれど、それは〝結び〟ということを大事にしてきたからだと。

私も本当にそう思うんです。おむすびには、人と人とを結びつける力が確かにあります。ときどき、「他人が触ったものは食べられない」という人がいますが、おむすびを差し出して、それを食べていただくということは、それだけでそこに信頼関係が築かれているのだと思います。手でじかににぎるという、人との結びつきを強く感じさせられる食べものだからこそ、食べた人に豊かさを与えるし、つくった人もまた豊かな気持ちになるのだと思います。

気づきと発見を行動に

私が今のようなおむすびをつくるようになったのも、さまざまな出あいの中で人と結ばれ、教えられたことが大きく影響しています。ひとつひとつの出あいを大切にして、人に教わる謙虚な気持ちを持ち続けていれば、いくつになっても〝結び〟を感じられるはずです。

親戚に、「十年若ければなにかできるんだけど」というのが口癖の人がいましたが、そう言い続けて年だけ重ね、結局なんにもできないまま亡くなりました。やはり、今というこのときを大事にしていないと、出あいがあっても、ただ物体と物体のようにして会ってるだけで終わってしまって、なんの結びもうまれないんです。

おむすびも、物体としてにぎっていたのでは、おいしくはならないし、誰のこころにも響かない。人に対しても、ものに対しても、今、このときの出あいに感謝して、こころを通わせようとしていれば、おのずと気づきと発見が出てきます。

気づきと発見があったときは、まずは自分でやってみることです。私のおむすびも、すべて人から教わったことにチャレンジしてみるところから始まっています。そこから、〝これはこうしてみましょう、あれはああしてみましょう〟と足したり引いたりしながら、これだと確信できたから、みなさんにお伝えしているんですね。

みなさんも、私のやり方をマニュアルのように、ただやるのではなくて、自分なりに創意工夫を重ねて、自分のものにしていってほしいと思います。何事もすぐにはできないけれど、あれこれ試しながら自分のやり方をみつけていくことは、たいへん楽しいものです。

ひとつひとつにこころをかけて

「おむすびをにぎっているときは、おむすびと会話しているんですか？」と訊かれることがよくありますが、私にはそんな余裕はまったくないんです。料理をしているときはいつも、ただただ一心につくることに集中しています。

十の工程があったら、十のどこにもこころを離さないでつくりたい。その中のどこひとつでも、こころを抜きたくないんです。手数をかけるということは、こころをかけているということにほかなりません。ひとつひとつの行いにこころをかけて、はじめておいしいものができるんです。

おいしいおむすびをつくれるようになるだけでも、人を和ませたり、包むようなやさしさを感じさせたりすることができますので、大切な人にこころを込めておむすびをつくってあげてください。

そんな小さなことでも、ひとつひとつ実践していくと、それがひとつずつ積み重なって、一年、二年、五年、十年と経ったとき、大きなものがそこにできてくる。それが〝成長〟ということではないでしょうか。

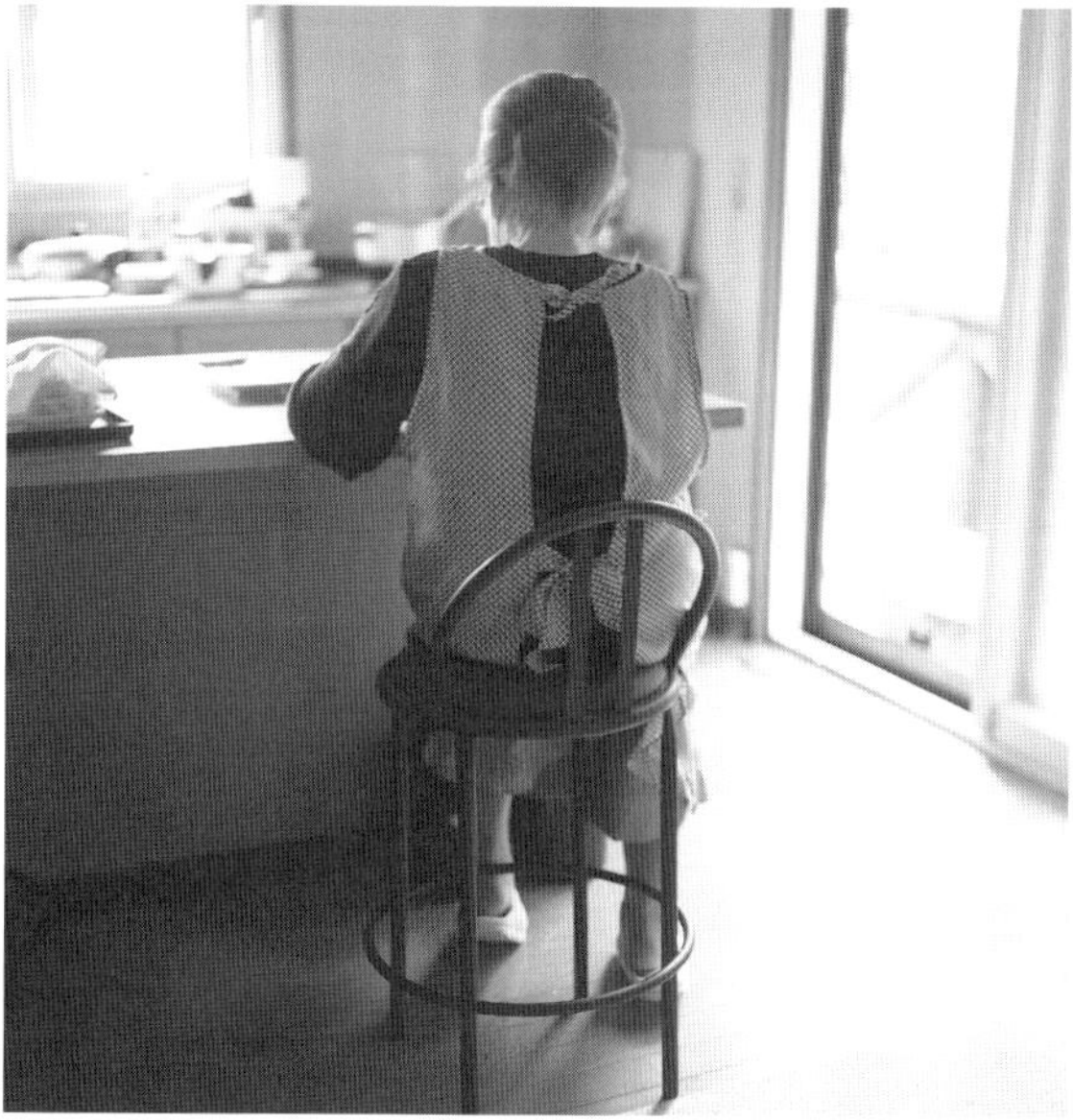

おしまいに

昨年十二月四日、思わぬことに出あいました。

一年の疲れがたまり、体力的に限界にきているのを感じながらも、あと少しで年も暮れようとしているのだからと気持ちをふるいたたせ、約束を果たすため、富山市での講演会に出かける準備をしておりました。

そうして朝食の席につきましたが、食欲も出ないうえ、悪寒がします。ストーブに両手をかざし、手をすり合わせて暖をとりましたが、かすかなふるえがきてとまらなくなりました。

出かけることについて不安はあったのですが、それでも車に乗りました。ふるえはだんだん強くなってきます。それは今まで経験したことがない状態だったので、講演を中止する決心をして、「このまま病院にいってちょうだい」と頼み、そのまま入院となりました。

このとき私はすべてをおまかせし、後のことも先のことも考える術もなく放心状態になっていたように思うのです。あとから聞いたところによると、四十度も熱が出て、寝たきりで朝晩点滴を受けていたとのことですが、点滴をしている腕が薄紫色に変わり、付き添ってくれていた人が慌ててナースステーションにかけこんだ、と話していました。まわりの人にはたいへん心配をかけましたが、三日目からは三十六度台に熱も下がり、日を追うごとに着実によくなっていきました。お医者さまをはじめ、病院の職員の方たちも回復の早さに驚いていたそうです。

二週間後、体調も気分もすこぶる良好な状態で退院することになりました。

退院した夜、物音ひとつしない台所でひとり静かに考えました。まるで何事もなかったかのような平穏無事、むしろ入院前よりも平和です。ふと、入院前に漬けた沢庵《たくあん》はどうなっているだろう、と思いました。十キロもある漬物石を持ち上げてみるとまるで重さを感じません。りんごを箱から移し替えるときも、いつもならもたついてしまうのに手際よくきれいにできます。まったく不思議なことでした。不思議は神の働きですとおっしゃった今は亡き、芦屋教会の岸英司神父さまを思い出しました。

これは神のはからいにほかならない。

「神のはからいは限りなく——」ということばが浮かんできました。そこへ、毎日自宅に訪ねて来てくれる誠子さんが、退院の見舞いに寄ってくれました。ひとり不可解にひたっていた私は、早速この不思議を話しました。すると誠子さんが「そのあとに続くのは、生涯私はその中に生きる、ですね」と言ったので、ようやく典礼聖歌の一節に気づきました。

「神のはからいは限りなく、生涯わたしはその中に生きる」

私のこころの奥に入っていた聖句が、体験を通して生かされる——。新しい年を迎えるにあたり、なによりのプレゼントでした。これからも神さまのおはからいの中で、一日一日を精一杯生きていきたいと思っています。


終わりに、この本の編集をお願いして五年余り、森のイスキアに、また講演会に、ご繁忙の中から取材して下さった集英社の武田和子さん、ライターの石丸久美子さん、フォトグラファーの岸圭子さんに感謝申し上げたいと思います。みなさまのご支援、尊いおこころを本にまとめたいと思いつつ、現在のような落ち着かない私の生活ではおぼつかないので、十五年以上も交流を続けてまいりましたお三方に、森のイスキアの設立の趣旨、現在の在り方をまとめて下さいませんかとお頼みしました。ちょうど、息子・芳信が命名した〈小さな森〉の修景計画が始まったころのことです。

森のイスキアの小さな森は、亡くなられた方やそのご遺族のご芳志によって誕生しました。みなさまの尊いおこころが生かされるように、進んでまいりたいと願っております。

佐藤　初女

二〇一〇年　新緑さわやかな日に

文庫あとがき

私は現在、九十一歳です。

想い起こせば、第二次世界大戦終結から六十八年を経過しています。戦争中はひたすら必勝を願い、すべての苦しみを耐えしのんできました。

それが敗戦を迎えたと同時に、欧米からさまざまな物や文化が生活のすべてに入ってきました。私たちは、初めて見るもの、また聞くことすべてに心うばわれたものですが、新しいよいものとして受けとっていたと思います。私たちの中に潜んでいた願望・欲望も流れ出していくようでした。

教育についても同様でした。ちょうどこの時期、息子が高等学校に進学するための入学試験をひかえていましたので、学校でのミーティング・研修会・ＰＴＡ等、親たちが集まる機会が多くあり、高校から有名校に入学すれば、いい大学、いい会社へと進んでいける、と子どもの教育について熱心に話していたお母さんたちの姿が思い出されます。

一方、何十年も農業を守り続けてきた方、何代にもわたって家業を築いてきた方は、若い人がふるさとを出て行くとやっていけないと悩んでいました。

ある日、学校の進学研修会が終わってから、お米とりんごを仕事にしている農家のお嫁さんからこんなお話が出ました。

「私は子どもに家業をついでほしいので、家から通学するように話し合いを続けていましたが、お友達のほとんどが町の学校に行くのに、このまま田舎にとどまらせていいものかと苦しんでいました。けれども、やはり子どもには、ふるさとを守るという意味をよく理解して希望に向かうように勧めていきたいと思いました」

みなさんのお話を聞いた私は、ひとりでも多くの人に津軽の自然を理解してもらえるよう実践することを心に誓いました。私もまた、若い人に自分の生まれた土地に希望と誇りをもって、ふるさとをこよなく愛してほしいと願っていたのです。

ふるさとを離れてみると、それまではあたりまえに、ただ目に映っていた山や川もいとおしく、たまらない郷愁にさそわれます。

よかれと思って一家で東京に移り住んだ方でさえも、岩木山を眺めたい、と度々電話をくれたものです。自然の中に立ち止まり、自然の息吹をじゅうぶんに吸い込むことは、写真で見たり映像で見ることでは得られない、かけがえのないものがあるんですね。

私は今、これを書きながら、祖母が大切なこととして残してくれた「土」のことを思い返しています。祖母は、土から掘り出した草も乾燥させて積み重ねていくと、何年か経つと立派な土になり、きれいなお花や、おいしい野菜が育つんだよと教えてくれました。いのちあるものはすべて、土から生まれて土にかえるのです。

私は海外に講演に出かけますが、大きな機械で大地をどんどん掘り返している光景を、どこの国に行っても目にします。先日も都会の子どもさんが「土を知らない」と言っていましたが、あの様子を見ると地球はどうなるんだろうと悲しくなります。

いのちの原点である大地を守り、その大切さを若い世代に伝えていくことは、私たち大人の使命ではないでしょうか。

出版して三年近くなるこの本を、文庫化にあたって再読しました。いのちについてお伝えしたいと願いつくった本ですが、本書が果たす役割は大きかったのではないかと思っています。手に取りやすい小さな本になって、また新たな出会いを呼んでくれることでしょう。

小さな森の樹々はしっかりと大地に根づき、ますます繁茂しています。さまざまないのちが息づくこの森が、訪れる人の心のふるさとになってくれることを願っています。

二〇一三年　風薫る春の日に

佐藤　初女

LONDON

この作品は二〇一〇年六月、集英社より刊行されました。

写真　　　岸　圭子
編集協力　石丸久美子

JASRAC　出1303964-702

集英社文庫

いのちの森《もり》の台所《だいどころ》

2013年5月25日　第1刷
2017年10月23日　第2刷

定価はカバーに表示してあります。

著　者　佐藤初女《さとうはつめ》
発行者　村田登志江
発行所　株式会社　集英社
東京都千代田区一ツ橋2-5-10　〒101-8050
電話　【編集部】03-3230-6095
【読者係】03-3230-6080
【販売部】03-3230-6393（書店専用）

印　刷　図書印刷株式会社
製　本　図書印刷株式会社

フォーマットデザイン　アリヤマデザインストア　　マークデザイン　居山浩二

ISBN978-4-08-745072-9 C0195